警視庁神南署

新装版

今野 敏

角川春樹事務所

目次

警視庁神南署

1

夜の青山通りは決して繁華街とはいえない。車の量は多いが、歩道をひっきりなしに人が行き交うわけではない。道に面してびっしりと立ち並ぶビルは、どこかよそいきの冷たい印象がある。

若者が集まるのは、青山通りというよりも、骨董通りや表参道に沿った南青山のあたりであり、通りから脇に入った路地にある飲食店だ。

青山一丁目駅のあたりは特に、巨大なビジネスビルが通りを見下ろしており、外苑の緑すらよそよそしいものに見せてしまう。すでに季節は春だが、まだ夜風は冷たく、南青山五丁目の裏通りにある静かなバーを出た山崎照之は、思わず肩をすぼめ背を丸めていた。

かなり酔っている。

上司に付き合えと言われ、勤め先のそばの小料理屋で一杯やった。山崎は、南青山一丁目に本店があるみどり銀行に勤めていた。支店の営業畑を長年歩き、今は資財運用部の課長だった。彼を飲みに連れ出したのは部長だった。

銀行の本店というのは、いかに派閥を築き上げるかが出世の勝負であり、部長は山崎をうまく取り込もうとしているのだ。

山崎は今の仕事にうんざりしていた。みどり銀行も大手のご多分に洩れず、住専がらみの不良債権を山ほど抱えている。それをいかに処理するかという負け戦を毎日続けているのだ。

つまり、抵当権のある物件を処理して、債権の何パーセントを回収できるか、という戦いだ。乱脈融資の尻拭いをやらされているだけで、未来のない仕事だった。部長と飲むのは苦痛だった。気をつかうせいでいくら飲んでも酔えない。それで、彼は部長と別れたあと、行きつけのバーで独り飲み直しをすることにしたのだ。骨董通りを一歩入ったところにある『バード』という名のバーで、照明は薄暗く、いつも静かになつかしいジャズが流れている。『バード』という名はチャーリー・パーカーに因んでつけられたのだった。

そこを出たのは十一時過ぎだった。渋谷から井の頭線に乗り、さらに明大前で京王線に乗り換えるのが帰宅のコースだ。自宅は仙川にあった。ローンが残っているマンション住まいで、結婚は早かったが、子供はまだいなかった。

終電まではまだ時間があるので、酔い醒ましのために歩いて渋谷まで行くことにした。青山通りに出て宮益坂を下れば約十五分の道のりだ。

ふと、山崎照之はちょっとだけ遠回りをしてみようと思った。宮益坂の一本手前を右に入ると東京都児童会館の前に出る。その脇の小さな公園を通ってみようと思ったのだ。

　そこは、高校生くらいの若者のカップルの熱烈なラブシーンが見られることで有名だった。児童会館の前では、いつも数人がダンスの練習をしている。大きなガラスが鏡代わりになるからだった。

　いつしか、明治通りと青山通りに挟まれたその静かな一帯に若者たちが集まるようになっていた。

　カップルは三組いた。おのおの互いに見えない位置に陣取るとぴったりと身を寄せている。そのうち、植え込みの陰のベンチにいたカップルが濃厚なキスを始めた。

　山崎は、当初、その公園を通り過ぎるだけにしようと思っていた。ちょっとしたいたずら心だった。しかし、キスをするカップルに思わず眼が吸いよせられた。

　ふたりとも、まだ未成年に見える。女のほうはまだ高校生くらいだ。あるいは中学生かもしれない。下着が見えるほど短いスカートから肉付きのいい脚が伸びている。

　少女は興奮したのか、その太股をしきりにすり合わせはじめた。男はキスをしたまま、手を少女の胸に這わせていく。少女は一瞬抵抗を見せたが、すぐに、されるがままになった。ふたりが高まっていくのがはっきりとわかった。

　公園は道路より高い位置にあり、山崎はその階段のところで植え込みに身を隠すようにしてそのカップルを見つめていた。思わずごくりと喉を鳴らしていた。

　そのカップルに触発されたように、他のカップルもそれぞれにごそごそと動きはじめた。

（たまらん、こりゃ……）

山崎がそう心の中でつぶやいたとき、どんと背中を叩かれた。

驚いて振り返ると、そこにみるからにだらしのない恰好をした若者たちが立っていた。長髪にだぶだぶのシャツ。シャツの裾を垂らしたまま、それより短いジャンパーを着ている。ずり落ちたズボン。

バンダナを頭に巻いている者もいた。そいつは迷彩の野戦ズボンを穿いている。黒いスポーツウェアを着ているやつもいた。ピアスを耳にたくさんつけているやつ……。

若者は五人いた。

一番前にいる長髪の痩せた男が言った。

「オッサン、何やってんだよ」

山崎はうろたえた。

「何って……」

「しょうがねえな、オヤジはよ……。覗きか?」

「私はそんな……」

「かっこつけてんじゃねえよ。こっち来いよ」

「何をするんだ。よさんか……」

「うるせえ」

長髪の若者が顎をしゃくるように合図すると、バンダナを被った迷彩ズボンの男と、髪を金色に染めたピアスの男が山崎の両腕をつかんで引きずるように歩き出した。

アベックたちは一瞬、何事かとそちらを見たが、再び自分たちのことに熱中しはじめた。

山崎は、児童会館の隣にある渋谷小学校の前まで連れて行かれた。あたりは住宅街で人通りがない。

山崎は、すっかりすくみ上がっていた。なんとか逃げる隙を窺ったが、相手は五人だ。逃げ出そうとしても、必ず取り押さえられてしまう。

「むかつくんだよ」

長髪の男が言った。まだ少年だが、すさんだ眼をしていた。憎しみの色があった。「てめえみたいなエロオヤジが援助交際なんかをやるんだよ」

「ばかを言うな……」

山崎は弱々しく言った。

「俺ら、そういうの、許さねえんだ」

「金なら出す」

「ほう……。金、くれんのか？」

山崎はあわてて財布を取り出した。現金は一万円ほどしか入っていなかった。長髪の少年は、財布をひったくると中を確かめた。

「しけてんな……。女子高生だってもっと持ってるぜ」

長髪の少年はすべての札を抜き出すと、財布を放り投げた。札をポケットに入れると仲間に言った。

「やれ……」

「待て。金をやったじゃないか」

山崎はあわてて言った。

「それとこれとは別問題だ。俺たちは制裁を加えるんだ。おまえらみたいなオヤジが許せねえんだよ」

「私が何をしたというんだ。ただ、通りかかっただけじゃないか……」

山崎の言葉が終わらないうちに、ピアスの少年が、いきなり膝を腹に飛ばしてきた。

山崎は胃のあたりをえぐられ、息ができなくなった。前のめりになり、口を大きく開けてあえいだ。

崩れ落ちそうになる山崎の体を迷彩ズボンの少年がはがい締めにして支えた。その腹にピアスの少年がパンチをたたき込む。

山崎は声にならない声を出した。一度ダメージがおさまりかけたところに、再び衝撃が来た。腹の中で何かが爆発したような感じだった。内臓が収縮していくような気がする。

続いて、別の少年が顔面を殴った。その少年は膝丈のだぶだぶのズボンを穿いている。

拳に何かを巻いていたらしい。

がつんと衝撃が来て、眼の前でストロボをたかれたような感じがした。すうっと腰が浮いていく。次の瞬間、殴られたところが熱を持ったような感じになった。何かがしたたった。

血だった。殴られた顎の左側が裂けて、血が噴き出したのだ。

迷彩ズボンの少年は、血を避けるように山崎を突き飛ばした。山崎の眼の中にはまだ無数の星が光っていた。

足が自分のものでないような感じがする。よろよろとよろめく。大腿部にひどい衝撃を感じた。鋭角的な痛みがやってくる。

山崎は、知らぬうちに倒れていた。

倒れるときに、街灯に何かが光るのが見えた。伸縮式の特殊警棒だった。その警棒で大腿部を打たれたのだ。

倒れてからは何が何だかわからなかった。頭といわず腹といわず、めちゃめちゃに蹴られ、踏みつけられた。

意識が遠のいていく。すでに顎の傷と、鼻血、そして、口の中からの出血でワイシャツやスーツは血まみれだった。

意識とともに痛みを感じなくなってきた。痛みではなく、独特の衝撃を感じる。それはひどく神経にさわる感覚だった。鈍く重苦しいだるさのような感じで、その中にときおり鋭い衝撃が混じる。

寂寥感がこみ上げてくる。暗く狭い場所に閉じ込められているようだ。恐怖よりもその寂寥の感じが強く、いつしか山崎は泣き出していた。

突然、少年のひとりが何かを叫んだ。

続いて、サイレンの音が響いた。長く続くサイレンではない。一声吼えたという感じの威嚇的なサイレンだった。

急に何も感じなくなった。

「待て！」

誰かがそう叫んだ。

駆けていく複数の足音。それを追う、足音。

そして、誰かが近づいてくるのがわかった。

山崎は胎児のように体を丸め、頭を抱えていた。無意識のうちにそういう体勢をとっていた。

「おい、だいじょうぶか？」

誰かが山崎の肩に触れてそう言った。おそるおそる頭をおおっていた腕をよけると、警察の制服が見えた。

「立てるか？」

わからなかった。立とうとすると、全身が痛んだ。特に大腿部が痛む。

「だめです」

「そこにいろ。救急車を呼ぶ」

そこに、もう一人の警官が戻ってきた。

「逃げられた。署に連絡しよう」

「救急車もだ」

「わかった」

警官はパトカーの助手席に手を突っ込んで無線のマイクを取り出した。

「おい、ちょっと待て」

山崎の体を支えていた警官が言った。「やつらはどっちに逃げた？」

「右だ。明治通りを原宿の方向に……」

「神南署の縄張りだ」

「そうか……」

「そういえば、ここいらも厳密に言うと神南署管内かもしれない」

「どっちでもいいよ。署に連絡しなきゃ」

「いいだろう。だが、神南署管内であることははっきりと伝えろ。後々、揉めるのはごめんだ。それと救急車だ。急げ」

山崎には、二人の警官が何を話し合っているのかさっぱりわからなかった。

救急車で最寄りの青山病院に運ばれた山崎は、治療を受けると、警官に詳しく話を訊かれた。

二人組だったが、先程とは別の警察官だった。ひとりは、背が低く固太りの男で白髪が混じっている。もうひとりは、細身の若い警官だった。

若いほうがクリップボードに挟んだ書類を片手に医者にあれこれ質問している。きわめて事務的な態度だった。

山崎のところにやってきたのは白髪が混じった中年のほうだった。

「何があったか詳しく話してください」

中年の警官は言った。

「勤めの帰りに一杯やり、渋谷駅に向かおうとしてたんです。そうしたら、いきなりやつらに囲まれて……。無茶苦茶ですよ、まったく……」

山崎は、あちらこちらが痛んだ。痛みが時間がたつにつれてひどくなってくるようだった。思い出すと、腹が立ってきた。

警察官はうなずくと言った。

「勤め先は？」

「南青山一丁目にあります」

「そこからあの場所まで歩いてきたのですか？」

「そうじゃありません。まず、勤め先のそばで上司と食事をしました。九時過ぎに上司と別れて、その後、一人で南青山のバーに行って飲んだのです。骨董通りからちょっと入ったところにあるバーです。十一時頃そこを出ました。そこから渋谷まで歩くことにしたんです。バスももうないし、タクシーに乗るほどじゃない。酔い醒ましにちょうどいいと思ったんです」

「骨董通りのあたり？　それなら宮益坂を下るのが一番近道です。なんであんな場所にいたのです？」

「それは……」

　山崎は口ごもった。「別に理由はありません。あそこを通りたかったんです」

　警察官はうなずいた。

「襲われたのはどの辺です？」

「児童会館の脇に公園があるでしょう？　あのあたりです」

「ああ……。若いアベックがいちゃついているんで有名な公園ですね？」

　警官は、山崎のほうを見ずにさりげなくそう言った。

「そうなんですか？」

　山崎はしらばっくれた。

「それで、どういう状況でした？」

「どうもこうも……」

　山崎は顔をしかめた。「後ろから、声をかけてきたんです。金を取られました」

「金額は？」

「一万円ほどだったと思います。正確には覚えていません」

「金を要求されたのですね？」

「ええ」

正確に言うと金をやると言い出したのは山崎のほうだった。しかし、金を取られたのは事実だ。そして、そのとき山崎は、脅し取られたような気分になっていた。「そうです。脅されたんですよ」

「重要な点なのです。暴行傷害だけでなく、恐喝の罪が加わることになるのです」

当然だ、と山崎は思った。怒りは全身の痛みとともに募りつつあった。あんなやつらは、あらゆる罪状をくっつけて締め上げてやるべきだ……。

「間違いありませんよ。私は金を脅し取られた上に殴る蹴るの暴行を受けたのです。そうだ。やつらの一人は武器を持っていました。特殊警棒というんですか？　あの伸び縮みするやつ……」

「相手は何人でした？」

「五人です」

「間違いありませんね？」

「ええ」

「わかりました」

警官は、改めて山崎を見た。「彼らを告訴しますか？」

山崎は、一瞬、ぽかんとした顔で警官を見た。

「告訴しないとどうなるんです？」

「正直な話、ここでお話を伺って、それっきりになるかもしれません」

「暴行傷害に恐喝なんでしょう？」

「一応、被害届を出すという形になりますが……」

「冗談じゃない。ならば告訴しますよ」

　警官はうなずいた。

「それでは、あなたのお名前と住所を聞かせてください」

「そんな必要があるんですか？」

「あるのです。お名前は？」

　警察官に名前を訊かれるのは気分のいいものではない。特に銀行というところは、スキャンダルを極端に嫌う。だが、この場合、名乗らないわけにはいかなかった。彼はしぶしぶと言った。

「山崎照之……」

「どういう字を書きますか？」

　山崎は説明した。

「生年月日と現在の年齢を……」

「昭和三十三年四月九日。三十九歳」

「住所は？」

「調布(ちょうふ)市仙川町三丁目……」

「お勤めは？」

「みどり銀行本店です」

「それでは改めて伺います。もう一度、お勤め先を出られたところから順を追って詳しく話してください」

「もう一度？」

「そう。書類を書くために必要なんです。詳しくお願いします」

山崎は言うとおりにするしかなかった。今度は、先程のようないい加減な言い方は許されなかった。なぜ、あんな場所にいたかを追及されることになった。

なんとかごまかそうとしていた山崎だが、ついに根負けして言った。

「あの公園を通ろうと思ったんですよ。ちょっとした刺激がほしくてね。ええ、お巡りさんの言うとおりです。あの公園のことは前から知っていましたよ。若いアベックが傍目も気にせずにけっこう濃厚なことをやっていることをね。今夜もそうでしたよ。私は、つい見とれていたんです」

「見とれていた……？」

「立ち止まって眺めていたんです。植え込みの後ろからね」

「覗きをやっていたというわけですか？」

「覗きというのは人聞きが悪いな。あの公園は、わざわざ覗きをやる必要なんてないんです。若いやつらは見られることを承知でいちゃいちゃしてるんですよ」

警官は表情ひとつ変えなかった。彼は自分が書いたメモを確認するように眺めながら言った。

「後で、刑事が質問に来ると思います」

「また同じことをしゃべらなければならないんですか？」

「ええ。あなたが言ったことの確認の意味もあるのです。ご家族には連絡されましたか？」

「まだです」

「われわれのほうから連絡しましょうか？」

山崎は考えた末に言った。

「いや、私がします」

警察官はうなずき病室を出ていこうとした。山崎は言った。

「今度はこちらから質問したいのですが……」

警官は振り返った。

「何です？」

「パトカーに乗っていたお巡りさんが、縄張りがどうのと言っていたのですが、どういうことです？」

「ああ……」

一瞬、警官の顔に疲労の色が滲んだように見えた。「そのことなら、気にしないでください」

警官は出ていった。

2

安積剛志警部補は、朝一番で届けられた書類を睨んでいた。

外勤第二当番、つまり徹夜の夜警の班が日勤の班と交替する際に申し送り事項として残していった書類だった。

神南署は、新設の警察署だった。警視庁第三方面の十番目の警察署だ。神南一丁目の岸記念体育会館のそばにあり、安積警部補が振り返ると窓から国立代々木競技場の、二つの体育館の奇妙な形をした屋根が見える。さらにその向こうには代々木公園の緑が広がっている。

季節は春で、緑はみずみずしかった。しかし、それとは対照的に、刑事部屋の空気は淀んでいた。

いついかなるときでも、ここの空気がさっぱりとすがすがしくなることはない。刑事課には、四つの机の島がある。安積の席はそのうちの一つを見渡すように配置されている。強行犯係の島だった。

その隣が盗犯係、そして知能犯係、さらにその向こうに暴力団担当係があった。この他に刑事課には鑑識係があるが、鑑識は別棟に居を構えていた。

建物は安普請だ。というより、有体に言えばプレハブのようなものだ。新設の神南署が組織上は出来上がったが、建物が間に合わなかった。今の署は仮住まいなのだ。いずれ同じ場所に建て直されることになっていた。

原宿地区は、七〇年代の終わり頃から急速に人気を高め、やがて原宿の歩行者天国は流行の発信地となった。その後も竹下(たけした)通りに新しい若者向けの商店や飲食店が次々と出来て、原宿は今や若者たちの巡礼の地となっている。さらに、一時期、代々木公園に群れ集うイラン人を中心とする外国人が問題となった。

渋谷は、昔から若者たちが集まる街だったが、公園通りがおしゃれに整備されてから、さらに若者の街となった。一時期話題になったチームや、女子高生の援助交際、デートクラブなど、少年非行の温床とも言われている。そうした傾向は時代を追うごとに強まっていくようだった。

渋谷署も原宿署も常に手一杯の状態だった。渋谷署は、駅周辺や宇田川町(うだがわちょう)といった大繁華街を抱えているし、原宿署は近くにある共産党関連施設への対策という役割があった。一般の人々の感覚では信じがたいが、今でも共産党のマークは警察の重要な役割のひとつとされているのだ。警察という組織の中では驚くほど古い習慣や役割が残っている。

渋谷署と原宿署の間に新たな警察署を作ることが検討されたのは、代々木公園の周辺のアマチュア・バンド・ブームの頃だった。さらにその後、代々木公園にイラン人らが群れ集うようになって、新設署の検討が急がれるようになった。

しかし、実現するには多くの問題があった。管区を新たに定め、職員を割り当て、予算を割り振らなければならない。それは簡単なことではない。

実現に向けて拍車がかかる理由のひとつは、皮肉なことにバブルの崩壊だった。臨海副都心構想を睨んで、台場(だいば)に東京湾臨海署――通称湾岸(ベイエリア)分署が新設されていた。しかし、バブルの崩壊により臨海副都心構想は大幅に遅れ、事実上かなりの部分が棚上げになってしまった。

その結果、臨海署は、高速道路網のための交通機動隊の分駐所となり、その他の部署は閉鎖された。その人員と予算がそのまま神南署に振り分けられることになったのだ。

そういうわけで、臨海署の刑事課は、課長を入れ換えただけで、ほぼそっくり神南署にやってきた。

臨海署にいた安積警部補も、強行犯係の係長として神南署に赴任したのだった。

安積は、二階にある刑事課の窓からの景色を気に入っていた。お台場運動公園に隣接していた臨海署からの眺めもよかった。ここの眺めも負けてはいない。

署の環境だけには恵まれているようだと安積警部補は思っていた。

警察署というのは、どこの署でも同じような雰囲気を持っている。それは、人間の後ろ暗い部分がかもし出す雰囲気なのかもしれない。

そして、警察官たちのぬぐい去りがたい疲労と苛立(いらだ)ちが壁といわず床といわず、べったりと張りついているような感じだった。どの警察署でも、汗と煙草(タバコ)、そしてさまざまな人間の発する異臭の入り交じった臭(にお)いがする。もちろん、安積はすでにそういうものには慣れっこになってしまい、気にもならなかった。

安積警部補は、書類を読みおえると一番近くにいた須田三郎部長刑事に声をかけた。

「おい、おまえさん、手が空いているか?」

そう言われた須田は、にやにやと笑って見せた。愛想笑いなのかもしれないが、それにしては妙に無邪気な感じのする笑いだった。

「手が空いているかですって? チョウさん、それ、何の冗談です?」

安積警部補は、書類を須田のほうに差し出した。

「ゆうべ、三十九歳の銀行員が、五人の未成年者と思われるグループに襲われた。傷害と恐喝だ」

「オヤジ狩りですか?」

「そういうことだな。黒木と二人で担当してくれ」

「犯人はわかりませんよ、多分……」

須田は肩をすぼめて言った。その仕草が、まるでアメリカの映画の登場人物のようだった。

映画かテレビドラマでまた仕入れてきたなと、安積は思った。須田にはそういう一面がある。彼は、よくどこかで見たような仕草をする。

こういう場合は、こうすることが常識なのだと自分に言い聞かせているような気がする。実際、そうでなければ、彼は警察の規格からはみ出てしまうかもしれない。

須田は、変わった刑事だった。明らかに太り過ぎだし、あまりに傷つきやすい。刑事という職業は、人間の裏側ばかり覗いているようなもので、どんな悲惨な話にも、あまり反応しなくなる。いつしか、自分なりに折り合いをつけてしまうのだ。

しかし、須田はいまだに、悲しい話に出会うとひどく情けない顔になり、不幸な生い立ちを聞くと、心から同情してしまうのだ。

安積は、これほどナイーブな刑事を他に知らない。

だが、安積は須田を認めていた。彼は、見かけからは想像もつかないほど深く物事を考える。

刑事というより哲学者かもしれない。そして、これは、ある同僚の評価だが、須田は傷つくことは知っているが、傷つくことを恐れてはいないのだ。感情の荒波を乗り越える方策を心得ている。

その事実に、何度助けられたかわからない。また、彼はパソコンをいじくることが大好きであるという点でも珍しい刑事だった。刑事らしくない刑事。それは、警察社会では生きにくいが、捜査の上で驚くほど役に立つことがある。

尋問の相手にあまり警戒心を抱(いだ)かせない。そして、普通の刑事にはない発想の柔軟さがある。それが最も重要な点だった。

須田は、安積のことをチョウさんと呼ぶ。係長である警部補の安積を、主任の部長刑事のようにチョウさんと呼ぶのは、ごく限られた人間だけだ。かつて、須田が巡査の階級のときに、部長刑事である安積と組んでいたことがあるからだった。須田は、その頃からずっとチョウさんで通しているのだ。

須田の隣に座っている黒木和也は、須田とはまったく対照的だった。豹のようにしなやかな体つきをしている。黒木巡査長は、ある意味で実に刑事らしい刑事だった。無口で何事もきちんと整理をするタイプだ。彼の机の上が乱雑なところを、安積は見たことがなかった。

一流のスポーツ選手が神経質であるのとまったく同様に、彼は神経質なのだ。また、優秀な兵士がそうであるように、黒木は無駄口を叩かない。

須田を信頼し、黙々と仕事をこなす。

須田の向かい側には、強行犯係のもう一人の部長刑事である村雨秋彦がいた。須田と安積のやり取りにまったく興味がないといった態度で書類仕事をしている。年齢からいっても、村同じ部長刑事だが、須田は三十一歳で、村雨は三十六歳だった。年齢からいっても、村雨が強行犯係のナンバーツーなのだ。

きわめて真面目な刑事だ。真面目過ぎて少々頭が固いところがある。警察という特殊な社会に最も順応しているのが、この村雨なのではないかと、安積は思っていた。おそらく、私よりもな……。安積はしばしばそう考えることがある。

痩せた男で、黒木とは違った意味で神経質なところがあった。胃潰瘍でも患っているように見える。

その向こう隣には、強行犯係で一番の若手である桜井太一郎巡査がいる。桜井は村雨と組んで捜査を行う。

桜井は、まだ二十六歳で、まるで大学生のような風貌をしている。まだ遊びたい盛りに違いないと安積は思っていた。だが、その素顔をまだ見たことがない。

桜井のおとなしさが、安積は常々気になっていた。

それが生来のものならばいい。だが、村雨と組んでいることが理由ならば、問題かもしれない。

村雨は、いまだに「刑事はお茶汲み三年」といったようなことを言いたがる刑事だ。若者を躾けることは必要だ。だが、萎縮させてはいけない。

「五人か……」

書類を見て須田が言った。「リーダー格は長髪……。これ、ロンゲのことですよね」

「ああ」

安積は、須田のほうを見ずにこたえた。「最近はそういう言い方をするらしいな」

「こういう風体のチーマーは山ほどいますよ。最近の若い連中って、みんな同じ恰好をしたがりますからね。チャパツが流行れば、みんなチャパツ……。だぶだぶの服が流行ればみんなだぶだぶの服……」

若い時分というのはそんなものだ。今に始まったことではない。安積はそう思った。

ビートルズが流行ると、みんな長髪になりたがった。

安積が学生のころは、今では信じられないくらい裾の広がったジーパンをみんな穿いていたものだ。

須田の話を聞いていると、つい話題に引き込まれてしまいそうになる。安積は、わざと事務的な口調で言った。

「被害者が訴えて、正式に事件になった。犯人が見つからないなどと泣き言を言わないで捜査するんだ。必要なら、渋谷署、原宿署に私のほうから協力を要請しておく」

「お願いします。チーマーが集まるセンター街や井ノ頭通りは、渋谷署管内なんですから……」

安積はうなずいた。

最初に駆けつけたのが、渋谷署のパトカーであることは、外勤の警官から聞いて知っていたが、安積はその点には触れなかった。

渋谷署のパトカー乗務員二人は、被害者の山崎照之を病院へ送り込むと、それを神南署の外勤に押しつけて姿を消した。

こうした街中のトラブルは、捜査の手間がかかる上に犯人検挙に至らない場合が多い。それは、須田が言ったとおりだった。検挙の実績が上がらないと読んで、神南署に押しつけていったようにも思える。

まさかな……。

安積はその考えを頭から追い払った。

実際に、神南署の管内で起きた事件だったのだろう。書類によると現場は、本当に渋谷署と神南署の管区の境界線のあたりだった。かつては渋谷署の管内だった場所だ。昔の習慣で、渋谷署のパトカーが巡回していることがよくある。

厳密に言うと、南は東京都児童会館前の通りが境界となっている。北は、竹下通りを境にこちら側が神南署管区、向こう側が原宿署管区だ。その境界線は面倒なことに代々木公園の中を横切っている。東は青山通りが境界で北青山のあたりが神南署管区。西は、代々木公園脇の井ノ頭通りが境界でその向こうは代々木署管内だ。そうした新たな境界が現場を多少混乱させていた。現場の人間はなかなか急に行動パターンを変えることはできないのだ。

どこが新しい境界線かはっきりとわからぬまま歩き回っている警官も少なくない。地図の上ではわかっているつもりでも、実際に街に出て動き回っているうちにわからなくなってしまうのだ。実際、渋谷署や原宿署に面倒を押しつけられたり、逆においしい実績を持って行かれたりしたことは一度や二度ではなかった。

新参者は常に貧乏くじを引くのだ。

村雨が、書き上げた報告書をざっと読み直し、安積に差し出した。

安積はそれを無言で受け取り、眼を通した。

「例の轢き逃げの件です」

村雨が説明した。「交通課のほうからの資料も付けておきました」

「こっちに押しつけてきた人がいるんですよ」

「刑事課の案件になったのか?」

訊かなくてもこたえはわかっていた。だが、尋ねずにはいられなかった。

「速水係長です。やり方が悪質なので、強行犯係の案件だと言われて……」

あいつめ……。

安積は思った。

「つまり、故意に被害者を撥ねたというわけだな?」

「速水係長はそう言っています」

村雨はそつなく付け加えた。「取り調べの結果、私もそういう心証を得ました」

なぜか、村雨と話をしていると気が滅入ってくる。安積はそう感じていた。彼は信頼できる部下だ。それは間違いない。だが、どうもかすかな苛立ちを覚えてしまう。

馬が合わないのかもしれない。これぱかりは仕方がない。

村雨はそれに気づいているだろうか? 安積にはわからなかった。人間の好き嫌いはどうしようもない。だが、部下のえこひいきにつながってはいけない。それだけは気をつけているつもりだった。

安積は、村雨が提出した書類を持って刑事課の部屋を出た。階段を下って一階の交通課にやってくる。

速水直樹係長は、逞しい体を窮屈そうにかがめ、机にしがみついて何かの書類と格闘していた。

「速水、話がある」

速水は顔も上げずに言った。

「うるせえ……」

彼は、安積と同期だった。階級も同じ警部補。年齢も同じ四十五歳だった。

「この轢き逃げの件だ」

安積は村雨の報告書を速水の机の上に置いた。速水が書いている書類の上だった。

速水はその村雨の報告書を睨んだ。

「一件落着だ。これがどうした？」

「うちから送検させる気だな？」

「そうだ。デカ長。あんたらの仕事だ」

「検挙したのは、交通課だと聞いているが……？」

「うちの若いのは筋金入りでな……。なんせ、あのベイエリア分署のスープラ・パトカー隊にいたんだ」

「それでみんな、今の仕事に欲求不満なんだな？」

「いや、みんなというわけじゃない。十五人のうち、十四人くらいだな」

「おまえさんがいちばん苛ついているという噂だ」

「心外だな、デカ長。俺は今や理解あるナイスミドルだよ」

「轢き逃げ犯を捕まえるとき、四輪ドリフトをした警官がいると聞いたぞ」

速水はようやく顔を上げて、不敵な笑いを浮かべた。何も言わなかった。

「とにかくだ……」

安積は言った。「せっかく捕まえた犯人をこっちに譲るというのは、どういう了見なんだ?」

「面倒な手続きが嫌いなんだよ」

「刑事を相手に嘘（うそ）をつくつもりか?」

「オーケイ、デカ長。俺はな、おまえさんのところの実績を増やしてもらいたいんだ。どこへ行っても、神南署の安積だと胸を張れるようにな。いつまでも、近隣の署にでかい面（つら）をされてちゃいけねえ」

「つまり、交通課から強行犯係へのプレゼントというわけか?」

「俺は別に恩を売るつもりはないよ」

「当たり前だ。こんなことで恩を売られちゃたまらない」

「あいかわらず、あんた、石頭だな」

「あいかわらず、おまえは嫌なやつだ」

速水はまた、にっと笑った。

安積は村雨の報告書を手に取って、速水に背を向けた。

「デカ長」

速水に声をかけられ、安積は振り返った。「奥さんとはどうなった？」

安積は思わず、まわりを見た。

「どういう意味だ？」

「よりを戻したいんだろう？　向こうでもそう考えているかもしれない。お互いに大人になった。そうだろう？」

安積は溜め息をつき、何もこたえず歩き去った。見なくても、速水が人生を達観したような笑いを浮かべていることはわかっていた。

速水がからかっているわけではないことは充分に承知していた。別れた妻とのことを本気で心配してくれているのは、速水だけなのかもしれなかった。

3

安積が席に戻ると、須田と黒木が出かけるところだった。

須田は不器用に椅子をがちゃがちゃと鳴らして立ち上がった。一方、黒木はほとんど音を立てず、しかも須田よりはるかにすみやかに立ち上がった。

「チョウさん、とりあえず病院に行って被害者に会ってきますよ」

須田が言った。このときも、捜査に出かける刑事はこういう表情でなければならないと彼が信じている顔つきをしていた。しかつめらしい表情だ。

安積は思わず苦笑したくなるが、こらえた。ただでさえ須田は傷つきやすいのだ。

須田はよたよたといった感じで出入り口に向かう。その後に黒木が続いたが、黒木は低速走行を強いられたスポーツカーを思わせた。

電話が鳴り、桜井が取る。彼は、右手にボールペンを持っている。メモを取る用意だ。いい心掛けだ。これも村雨が仕込んだのだろうか。それとも本人の気配りなのだろうか……。

「神宮前(じんぐうまえ)五丁目で小火(ぼや)です」

電話を切った桜井は、安積のほうを向いて報告した。

村雨が言った。

「神宮前？　うちの管内なんだろうな？」

念を押すような口調だ。

桜井は地図で確認した。「間違いありません。うちの管内(ニワ)です」

「はい」

安積はうなずいた。

「行ってくれ」

村雨が、眉(まゆ)の間に皺(しわ)を寄せて立ち上がった。言いたいことはわかった。

原宿署に任せたいのだ。火事場の検証は、刑事にとって辛(つら)い仕事のひとつだ。楽な仕事などないが、火事場は特にひどい。煤(すす)で服や鼻の穴が真っ黒になる。現場は水びたしで、それに炭化した粉がまじりどろどろになっている。

そこをかき回す。消防署と協力して不審な点がないか調べるのだ。放火の疑いがあれば、それは警察の仕事となる。

強行犯係にひとり残った安積は、渋谷署に電話を掛けなければならないことを思い出した。

同じ強行犯担当の係長を呼び出す。小倉(おぐら)という名の警部補で、捜査本部などで何度か顔を合わせたことがある。

「やあ、安積さんか」

小倉はうなずくように言った。朝っぱらから機嫌のいい刑事などいない。

「銀行員が少年グループに暴行を受けた事件、聞いてますか?」

「恐喝だ。金を奪ったと聞いている」

「うちの管内(ニワ)で起きた事件ですが、少年グループはそちらの管内(ニワ)でも活動していると考えたほうがいい。協力してもらいたいのですが……」

「問題ないよ」

小倉警部補は、軽く請け合ったが、具体的なことは何も言おうとしなかった。だが、これでいいと安積は思った。

はなから快い協力などは期待していない。どこの署でも自分のことで手一杯なのだ。邪魔をされなければいいと、安積は考えていた。

渋谷署管内を捜査しなければならないこともある。そのときに、小倉が請け合ってくれたことが役に立つ。

電話を切ると、安積は後ろから呼ばれた。課長の金子禄朗(かねころくろう)警部だった。その体格と同様に太い声だった。

安積は、課長室に入った。課長室といっても、薄っぺらい仕切りで囲っただけの部屋だ。

他の警察署では、課長は独立した部屋ではなく大部屋に机を置いていることが多い。

だが、神南署では仕切りで囲っていた。これは、金子課長か署長の趣味だとささやかれていた。よくアメリカの刑事ドラマで見られる形式だ。

「ガキのお遊びに付き合っているのか?」

金子課長は言った。課長は口が悪い。若い刑事があまり使わないような昔ながらの符丁もよく使う。

課長はたたき上げだった。首が太く、髪を短く刈っている。胴も腕も太い。若いころには署対抗の柔道の試合で何度も優勝したことがあるということだ。

「被害者が告訴したんです。放ってはおけませんよ」

「オヤジ狩りか……。ふざけやがって」

「立派な暴行傷害と恐喝です」

「なあ、係長。神南署の立地は、刑事課としてはなかなか実績が上がらない。少年犯罪が多いし、覚醒剤や売春なんかの生活安全課の案件が多い。それに、でかい事件は大所帯の渋谷署がかっさらっていく。新設署だから、隣接する署とのごたごたも多い。なかなかやる気になれんよなあ……」

「刑事が暇なのはいいことです」

「ところが暇じゃないときている。何かとお呼びがかかって駆り出される。だが、検挙の実績は上がらない。刑事はくさるよな」

「よその班はどうか知りませんが、うちはそんなことはありませんよ」

課長は、にやりと笑って見せた。凄味のある笑いだった。

「いい心掛けだな。そこでだ、次長が記者会見をやるための材料を探している。おまえさん、オヤジ狩りの件を報告してきてくれ」

「報告書が回っているはずです」

「次長は口頭で説明を聞きたいんだとさ」

「それは課長の役目でしょう」

「おまえさんから俺が説明を聞く、そして俺が次長に報告する。伝言ゲームだ。おまえさんが直接報告すれば手間がひとつはぶける。これからは役所も無駄をはぶいていかなくてはな」

金子課長が、上の人間にあまり会いたがらないのを、安積は知っていた。課長は今でも現場に出たがっているのだ。上司のご機嫌を取り、部下をうまく取りまとめるといった中間管理職の仕事が好きではないらしい。

「わかりました」

安積は、心の中で溜め息をつきながら言った。

金子課長は、再びにっと笑った。

「すまねえな、係長。その代わり、よその署と揉めたら俺に任せろ。俺が露払いをして皆を黙らせてやる。開いた道をおまえさんが堂々と歩いていくんだ」

「期待してますよ」

気のない口調でそう言い、安積は次長の席に向かった。

次長席のまわりには新聞社、通信社の記者がいた。神南署にも記者クラブがあるが、記者たちはおとなしくそこに納まってはいない。また、午前十一時の定例記者会見をじっと待ってはいないのだ。

記者の中に若い女性がいる。パンツスーツを着ており、髪はショートカットだった。大きな目が印象的だった。

東報新聞の山口友紀子という記者であることを安積は知っていた。記者仲間や刑事たちにも人気がある。

彼女のショートカットは、ボーイッシュな感じではなく、知的なものを感じさせる。女性としての魅力は充分で、署内ではその魅力が役に立つこともありそうだった。

安積は、つい彼女を見つめていた。女性としての魅力に引かれたわけではなかった。娘の涼子のことを思い出したのだ。

これまで何度も彼女を見かけているが、そんなことは初めてだった。また、特別彼女が涼子に似ているわけでもない。

速水のやつが妙なことを言うからだ……。安積は、眼をそらした。

「オヤジ狩りの件を報告するよう、課長に言われました」

次長の岡田繁明警部は、すべて心得ているというふうに微笑んだ。そういうポーズが好きな男だった。そのポーズをつけるだけの価値があると安積は思った。

穏やかな表向きの顔は、次長くらいになれば必要だ。だが、次長は筋金入りの警察官であることを安積は知っている。それも刑事ではない。公安畑を歩んできたのだ。

公安は刑事から見ても不気味な存在だ。その公安で長年勤め上げたという事実だけをとってみても、一筋縄ではいかない人物であることがわかる。

「ちょっとあっちへ……」

次長は、衝立（ついたて）で仕切られた小さな会議室を顎で示した。安積はそちらに向かった。記者たちが安積に群がり尋ねた。

「オヤジ狩り……？　何のことです？」

「事件ですか？」

「少年犯罪ですね？　係長、強行犯係が担当するんですか？」

「被害者は……？」

安積は衝立のドア目指してまっすぐに進んだ。

「これから記者会見がある。次長に訊いてください」

安積は会議室に入り、ドアをぴしゃりと閉めた。ややあって次長がやってくる。次長は静かにドアを閉めた。

なるほど……。

安積は思った。これくらいの立場になるとこういう気配りが必要なのか。

安積は、これまでにわかったことを説明した。次長は穏やかにうなずいた。

「それと、昨日の轢き逃げの件ですが、刑事事件として起訴することにしました。故意に被害者を轢いたと判断した交通課がこちらに送ってきたのです」

「何で起訴するんだね？」

「殺人未遂」

「業務上過失ではなく？」

「はい」

「つまり、被害者と加害者の間に何らかの関係があったということかね？」

「報告書に書かれていますが、どうやら対立するグループのメンバー同士だったようです」

「暴走族か何かかね？」

「暴走族というより、ギャングだと言っていますが……」

「ギャング……？　禁酒法時代のシカゴのようだな」

「最近は、路上でたむろする不良少年グループをそう呼んでいるらしいのです。チームとは区別されているようですね」

岡田次長は大きな溜め息をついた。

「神南署管内では特に少年犯罪が多い。それも最近では凶悪化の一途をたどっている。いいかね。少年だからといって甘い顔をしていたらなめられる。警察をなめるようなことを許していたら、彼ら少年のためにもならん。悪質なものには、生安課だけに任せることなく強行犯係のほうでも対処するようにしてくれ」

「心得ています」

岡田次長はうなずいた。

を見る。

「ごくろうだった」

安積は先に会議室を出た。会議室の外には記者たちが待っていた。期待した表情で安積を見る。

だが、安積警部補は何も言わなかった。

東報新聞の山口友紀子記者と眼が合った。涼子はどうしているだろうな。大学に通っているはずだ。今度は三年になるんだっけ……。無事、進級できたのだろうな。

年は二十歳……、いや、二十一歳か。子供というのは知らぬ間に大きくなる……。

安積は記者の質問を聞きながらそんなことを考えていた。記者たちも、刑事課の中までは追ってこなかった。


山崎照之は、須田の気の毒そうな顔を見てかえって面食らっていた。

須田は山崎の話を聞きながら、同情に堪えないという具合にうなずいている。

ひととおり、昨夜の出来事を話しおえると、山崎は尋ねた。

「あと何度くらい同じことをしゃべらなければならないんです」

「これで終わりですよ」

須田は言った。「警察が尋ねるのは、おそらくね……」

「もし、公判が開かれたら、裁判所で同じことを尋ねられるかもしれません」

「ああ。裁判ね……」

訴えを起こすということはそういうことだったと、山崎は改めて思った。

「犯人は五人……」

須田は言った。「いずれも、未成年のようだったというのは、間違いありませんね」

「そうだと思う。だが、正確にはわからんよ。身分証明書を見たわけじゃない」

「わかります。だが、見たところ、少年のようだったということですね」

「そうです」

「武器を持っていたのは二人と言いましたね？」

「そう。一人は特殊警棒を持っていた。それで足を殴られたんだ。まったくこの忙しいのに、全治二週間だ。もう一人は、拳に何かをはめていたようです。顎のところがざっくりと切れていましてね……。実を言うと、いったい何をやられたのかよく覚えてないんです。めちゃめちゃにやられましたからね。医者が教えてくれたんですよ。これは、何かを拳に巻き付けて、それで殴られたようだって……」

「骨折がなかったのがせめてもの救いですね」

「捕まえられるんでしょうね？」

「全力を尽くしますよ」

「というと……？」

「なんだか頼りないですね」

「正直に言うと、オヤジ狩りのような事件はなかなか厄介なんです。チームの連中は普段は普通の生活をしていることが多い。なかなか足取りがつかめないんです」

「縄張りなんかがあるんでしょう？」

「特定の場所を縄張りにしているというだけじゃ何の証拠にもなりません。有力な目撃情報でもなければね」

「目撃情報……？」

「そう。実際に、それくらいしか頼るものがないんです。オヤジ狩りというのは、だいたいが行きずりの犯行でしょう？　行きずりの犯行というのが、実は一番検挙しにくいんですよ」

「そのオヤジ狩りというの、やめてくれませんか？」

「ああ、こりゃ失礼……。一般的にそう呼ばれているんで、つい……。別にあなたがオヤジだと言っているわけじゃ……」

須田は本当にうろたえ、汗をかきはじめた。

刑事というから、どんなやつが来るかと思えば……。山崎は心の中でひそかに溜め息をついていた。

こんな頼りない刑事じゃ、あの抜け目なさそうなガキどもは捕まえられないかもしれない……。

「何か、特徴を覚えていませんか?」

「特徴? 一人は髪が長かった。ロンゲっていうんですか。そいつがリーダー格のようでした。一人は髪を金色に染めていた。そいつは、耳にたくさんピアスをつけていました。バンダナを被っているやつもいました。あとは覚えていません。ですが……」

山崎は、肩をすぼめた。「これって、特徴というより、今の若い連中にはよくある恰好でしょう」

「そう。確かにそうですね。でも、どんなことでも手掛かりになり得ますからね」

「まったく、何で私があんなチンピラどもにやられなきゃならないんだ……。あんなやつら、片っ端からとっ捕まえて絞り上げりゃいいんだ。私はね、最近の若い連中には本当に腹を立てているんだ。ねえ、刑事さん。街でぶらぶら遊んでいるやつら……。ありゃ、いったい何です? どうせ、親のすねかじりでしょう? まったく、あの連中の親の顔が見たいもんだ」

須田は、にやりと笑った。

「何です。何がおかしいんです?」

「いや、失礼……。若い者の批判をするようになったら、中年になった証拠らしいですよ」

「中年でもけっこう。オヤジでもけっこう。私は連中にばかにされるような生き方はしていない。懸命に働いているんです。なのに、今の若い連中ときたら、大人をばかにしたような眼で見る。女子高生は大人を金づるとしか思っていない。いったい、どうなってるんです」

「失礼ですが、山崎さん、お子さんは？」

「いませんよ。結婚は早かったんですが、幸か不幸か子供ができませんでした。このご時世だと、子供なんていなくてよかったと思いますね。もし、自分の子供が、援助交際をしたり、集団で人を襲ったりすることを想像すると背筋が寒くなりますよ」

「わかりますよ」

須田は言った。「ところで、入院はいつまで？」

「明日、脳の検査をするそうです。そうしたら家に帰っていいと言われました。まったく、一日休めばそれだけ仕事が遅れてしまう。一瞬のタイミングが大きな損につながることだってあるんです」

「たしか、みどり銀行にお勤めでしたね」

「そうです」

「どういう部署でお仕事を？」

「捜査に関係あるんですか？」

「あるかもしれないし、ないかもしれません。まあ、念のために伺うのですが……」

「資財運用部といいましてね……」

「財テクですか？」

「そういう課もありますが、私がやっているのは、尻拭いですよ」

「尻拭い？」

「住専絡みの不良債権です。不動産競売や任意売却で、なんとか回収しようとしているわけです」

「住専がらみの不良債権……。そりゃたいへんでしょうね……」

須田の口調が冷淡に感じられた。被害妄想かもしれないと山崎は思った。一般人は銀行員から住専と聞くとたんに悪印象を抱く。もう、それには慣れっこだった。

「ご家族のかたは？」

須田が尋ねた。

「え……」

山崎は虚を衝かれたように須田の顔を見た。「ええ。今朝、妻が……。身の回りのものをそろえて持ってきてくれました」

「まだ、面会時間は終わってはいませんよね……」

「その……。妻は、仕事を持っているんです」

「お仕事を？　銀行っていうのは、給料がいいんでしょう？」

「そういうことじゃないんです。経済的な理由というより、生き甲斐の問題じゃないですか？」

「家庭には生き甲斐はないと……」

山崎は、少々むっとした。

「妻のことは捜査には関係ないんじゃないですか?」

須田は、しばし山崎を眺めていた。山崎は初めて落ち着かない気分になった。

「そうですね。奥さんは関係ないと思います。どうもご協力ありがとうございました。ゆっくり休んでください」

須田と黒木が病室を出た。山崎はなぜか不愉快な気分になった。

4

「ああ、またかと思いましたよ」

渋谷小学校の向かい側にある赤レンガ色をしたマンションの住人がこたえた。山崎が襲われた現場はそのマンションの斜め前だった。

中年の主婦で、どこか崩れた感じがした。須田は、生真面目な表情でうなずいた。

「若い連中がこのあたりに集まるようになりましたからね……」

「まったくね……。このあたりは、静かなところだったんですよ。明治通りと青山通りに挟まれていて便利だし、それでいて環境もいい。渋谷駅まですぐですからね」

その中年の主婦は、スウェットの上下を着ていた。体の線はすでに崩れているものの、肉感的な感じがした。

頭にスカーフのようなものを巻いている。主婦というより、出勤前のホステスという感じだ。

実際にかつてはそうだったのかもしれないと、須田は思っていた。彼女は我慢ならないといった口調で続けた。

「あそこの児童会館の前でね、音楽かけて踊りの練習をしているんですよ。まったくね、みっともない恰好して、体くねくねさせて……。隣の公園じゃいやらしいことしてるし……。まったく、子供の教育にもよくないじゃないですか」

「そうですね」

「夜中に大声出してふざけたりしてるんですよ。喧嘩だかふざけてるんだかわかりゃしない。とにかく、あの連中ときたら時間なんかおかまいなし。住んでる人のことなんかまるで考えてないんだから。あんなやつら、片っ端から逮捕しちゃえばいいのよ」

「ええ……、それで昨日の夜のことなんですが、争う声は聞いたのですね？」

「そう。またふざけているのかと思ったのよ。頭に来て怒鳴ってやろうと思ったわ」

「でも、実際にはそうしなかった？」

「冗談じゃないわ、あんな頭のおかしい連中。怒鳴ったりしたら、何されるかわからない」

「なるほど……。では、どんな連中か見なかったわけですね」

「見てやしませんよ。いちいちかまってられませんからね」

黒木は、相手の表情と自分のメモとを交互に眺めている。須田は、斜め後ろにいる黒木を振り返って見た。

黒木は無言で首を横に振った。須田はうなずいた。住人に礼を言ってそこを去ろうとした。

「あの、刑事さん」

須田は振り返った。

「何です？」

「オヤジ狩りに遭った人、どうなったんです？」

好奇心で眼が輝いていた。

「新聞に詳しく載るはずですよ。今日の夕刊あたりに……」

「その前に聞きたいんですよ」

「ご心配なく。さっき病院で会ってきましたが、ぴんぴんしていますよ」

「あら、そう……」

彼女は少しばかり落胆したような表情をした。

「それはよかったわね……」

ドアが閉まった。

このマンションは、ワンフロアに五部屋あり、五階建てだった。計二十五室あるが、そのうち、十部屋がデザイン事務所など何かの事務所になっていた。

それ以外の部屋でも、留守が多かった。また、二部屋に外国人が住んでいた。白人の裕福そうな家族だ。

いずれの部屋でも、反応は今の主婦と似たりよったりだ。いちいち若者たちの悪ふざけに付き合ってはいられないということだ。

したがって、目撃者はいない。

須田と黒木は、そのマンションを後にした。とにかく、このあたりをしらみ潰しに当たって、目撃者を捜し出すしかない。

「しかしなあ……」

須田は、出たばかりのレンガ色のマンションを見上げて言った。「こんなところに住めるのはどんな人たちなんだろうな……」

「そうですね……」

黒木は、感情のこもらない返事をする。

「普通のサラリーマンや公務員は、絶対に住めないよな。渋谷駅から徒歩五分。３ＬＤＫの分譲マンションだ。今の主婦だって、ちょっと普通と違ってたもんな……」

「水商売上がり。旦那(だんな)は実業家か何かですかね。いわゆる『上げた』ってやつかもしれません」

「そうだな……。まあ、俺たちにはあんまり関係ない」

須田が公園を指さした。「あそこだな、若いアベックがラブシーンをやってるんで有名なところは」

「そうです」

「あの夜もいただろうな」

「そうですね」

「だが、その連中を見つけ出すこともできない」

「一般に協力を呼びかけて、目撃者が名乗り出るのを待つという手もあります」

「望み薄だな」

「須田チョウ、珍しく弱気ですね」

「弱気？」

須田はびっくりして黒木を見た。「そんなことないよ」

「そうですか？　須田チョウが係長に、あんなこと言うのは珍しいですよ」

「あんなこと？」

「犯人はわかりませんよ、なんて……」

「そうだな……」

須田は考え込んだ。「だけど、おまえ、藁に落ちた針って譬え、知ってるだろう？　木を隠すなら森へ、って言葉もある。チーマーやギャングどもにとっては、この街は森と同じことだ」

「でも、捜し出す方法はありますよ」

須田は一瞬、悲しげな表情をした。黒木はそれに気づいたが気づかぬふりをしているようだった。

「チーマーなんて呼ばれている連中の多くは、普通のやつらなんだよ。普通に高校に通い、塾に通うような連中だ。それがさ、学校や家庭に居心地の悪さを感じたりする。連中は、街に出て仲間を見つけ、そこに居場所を見つける。あの連中の喧嘩や恐喝、傷害なんかは日常をちょっとはみ出したところでやる遊びに過ぎないんだ。本人は犯罪だとは思っていない。その点が問題なんだ」

「なぜです？」

「俺たち刑事が犯罪者を検挙できるのは、本人に罪の意識があるからさ。その要素が大きい。だから、思わぬところで尻尾を出す。だけど、チーマーやギャングたちは、自分のやっていることが犯罪だという意識がない。街にいるときは、街の中に同化しちゃうし、学校では学校の中に同化しちまう」

「刑事の仕事じゃないと感じているんですか？」

須田は再び、びっくりした顔になった。

「そんなこと言ってやしないよ。恐喝に傷害だ。れっきとした刑事の仕事さ」

「でも、生安課の案件という気がしますよね」

「地域の特性だよ。このあたりじゃ、少年犯罪が多い。だからさ……」

須田はまた悲しそうな顔をした。「やりきれないんだよ」

「わからないな……」

「いいかい？　少年が犯罪に走るのは、多くの場合大人の責任なんだ。ちゃんと子供を躾けないからであり、子供が未来に夢を持てないような世の中を作ったからなんだ。少年たちは、そのことで大人たちを怨み憎んでいる。その憎しみをひしひしと感じるからたまらないんだ」

「須田チョウ、考え過ぎですよ。ちゃんと育っている子供だっているんです。チーマーって何不自由なく育った子供が多いんでしょう？　本人の問題ですよ」

須田は、しばらく自分の足元を見つめていた。やがて、彼は言った。

「そう言い切れると楽だけどな……」

山崎は、その翌日、頭部の検査を終え、異常がないことがわかり、退院した。まだ全身がこわばっている。妻は、迎えに来る予定だったが、急に仕事の都合がつかなくなり、病院にタクシーを呼んでもらった。

たしかに重傷ではない。ひとりでなんとか行動できる。しかし、こういうときに妻が来ないというのは、何だか腹の立つものだった。

何のための家族かわからない。

いや、妻は家族だなどと思っていないのかもしれない。ふと、山崎はそう思った。やはり子供を作らなかったのがいけなかったのだろうか。

単なる同居人でしかないのか……。

急にむなしさを覚えた。もっと幸せな結婚ができたかもしれない。そう思うと取り返しのつかないことをしてしまったような閉塞感を覚えるのだった。

妻は、着物の着付けの資格を取り、あるホテルと契約して働いていた。卒業式シーズンや成人式といった着付けの需要が増える時期には、目が回るほど忙しくなる。

妻が働いているというのは、銀行員としてはあまり望ましいことではない。銀行はスキャンダルを極端に嫌う。

特に、山崎のような管理職には、きわめて保守的な家庭環境を要求されるのだ。

そのことは何度も話し合った。だが、妻はそれは一方的な言い分だと退けた。この結婚は失敗だったという思いが強かった。

もし、自分が銀行員でなければ……。もし、もう少し冷静に結婚を考えていれば……。もし、別な女性と早くに出会っていれば……。

山崎は常にそういう思いに駆られるのだった。

安積警部補は、須田と黒木が手こずるであろうことは承知していた。案の定、事件から三日たったが、まるで進展はなかった。

目撃情報が得られない。

チームやギャングと呼ばれるグループのうち、大きなものについてはある程度その動きを把握している。

しかし、チームは、三人から五人といった小さなものが多い。それらは、街中で行動をともにしている仲間といった程度の付き合いであり、暴力団のように共同体意識が強いわけではない。

実態がつかみにくいのだ。

暴力団関係の犯罪であれば、警察は情報がつかみやすい。暴力団担当の刑事は、さまざまな組に情報源を持っている。

だが、チームやギャングといった連中は情報源にはなり得ない。生安課の少年係が必死で現状把握に努めているが、捜査に役立つまでには至っていない。

ある程度のところで、決着をつけねばならないな……。

安積警部補はぼんやりとそんなことを考えながら須田を眺めていた。

電話が鳴り桜井が取る。いつものお決まりの光景だった。安積はそちらに眼を転じた。

電話を片手にメモを取る。

刑事らしくなってきたじゃないか。

安積は思った。これも、村雨のおかげか。あまり、村雨を悪く思ってはいけないな。あいつはあいつなりに、充分……。

「係長、また小火だそうです。今度は、神宮前一丁目。竹下通りのあたりです」

「竹下通り？」

村雨が尋ねる。これもお決まりの光景だ。「原宿署の管轄じゃないのか？」

「通りのこっち側なんですよ」

村雨は、うんざりとした顔で溜め息をついた。いや、本人にはそんなつもりはなかったかもしれないが、安積の眼にはそう見えた。通りの向こうなら原宿署の縄張り、こっちなら神南署の管轄だ。

「先日の小火と関連があるかもしれん」

安積は、村雨のほうを見ずに言った。「桜井とふたりで行ってくれ」

村雨と桜井は即座に立ち上がった。別に不満を感じているようではなかった。

安積は二人の行動を視界の隅に捕らえ、なぜだかほっとしていた。村雨と桜井が出ていくと、安積は須田に尋ねた。

「手掛かりはなしか？」

須田は、例によって深刻な表情を安積に向けた。

「ええ、チョウさん。今のところ、お手上げといった状態ですね」

安積は黒木のほうを見た。

黒木は、尋ねられるのを待っているように安積の顔を見ていた。安積は何か言ってやらなければならないと思った。

「黒木。おまえはどう思う？」

「須田チョウの言ったとおりです。行きずりの犯行は厄介ですね」

安積はうなずいた。

なぜだろうと安積は思った。

同じ質問を村雨と桜井にして、同じこたえが返ってきたら、桜井のことが心配になるだろう。自分の意見を言え。安積はそう感じるに違いなかった。

だが、この二人に関しては、素直に聞くことができる。組み合わせの問題なのかもしれなかった。

須田と黒木は比較的年齢も経験も近い。ふたりはいいコンビだ。

だが、村雨と桜井はちょっと違う。あくまでも、村雨は桜井の教育係といった役割だ。

それでよけいに気になるのかもしれない。

誰かを教育するというのは神経をつかうものだ。ただそれだけのことかもしれない。

安積はそう思いたかった。

須田は安積が何か言うのを期待しているようだ。安積もそれにこたえなければならないと感じた。だが、何を言ってやればいいのかわからなかった。

そのとき電話が鳴り、安積は救われたような気がした。

黒木が電話を取った。生真面目な表情で相手の言うことを聞いている。メモは取らなかった。だが、それが桜井よりもいっそう刑事らしい雰囲気をかもし出していた。

要するに、経験の問題なのだなと、安積は思った。

電話を切ると黒木は報告した。

「露天商同士の揉め事です。神宮前一丁目。原宿駅前の表参道路上」

メモなど取らなくても、正確な報告はできるのだ。安積はそう思いながら言った。

「今時、表参道で露天商とは珍しいな」

「外国人と日本人の露天商が揉めているらしいです。テキヤ筋でしょうね」

「行ってくれ。外勤で処理できなかったということは、結構こじれているんだろう」

須田はもっともらしい顔つきでうなずいた。いつものように、椅子をぎしぎしいわせて立ち上がる。すでに黒木は出入り口に向かっている。

二人が出ていくと、安積は席を立った。

刑事部屋を横切って、一番遠くにある机の島にやってくる。その係長の席に近づいた。係長の席にいる刑事が、睨むように安積を見た。別に睨んでいるわけではないことを安積は知っていた。

「どうした、安積係長」

「原宿駅前の表参道路上で、外国人と日本人の露天商が揉めているそうだ」

暴力団担当の係長は、唇を歪めるようにして笑った。

「しょうがねえな。テキヤの段取りが悪かったんだろう。外国人てのはたぶん、イラン人か何かだろう」

「そうだろうと思う」

「ユダヤ系が露天商をやっているからな。自分たちもできると思って勝手に店を出したんだな。日本のしきたりを知らないんだ。ユダヤ系の露天商は戦後まもなくから続いている由緒あるテキヤ系なんだ」

「知っている。いざとなったら出張ってほしい」

「おう。ベイエリア分署の安積係長の頼みじゃ断れねえよ」

「神南署だ。臨海署はもうない」

暴力団担当係長は、不敵な笑いを浮かべた。

「ハンチョウ。覚えているか？　晴海埠頭での撃ち合い。警視庁の刑事がためらっているときに、ハンチョウの強行犯係が駆けつけた。さらに、スープラ・パトカー隊の速水が駆けつけ、アメリカ映画のようにホールドアップだ」

「おかげで、私が乗っていた覆面のマークIIは穴だらけにされた」

「原宿はつまらねえよ」

「そう言うな。今におまえさんの出番もあるよ」

「露天商の揉め事でか？」

「おまえ、速水に似てきたぞ」

「よせやい、ハンチョウ。俺はあんなにすかしちゃいない」

たしかにこの係長のほうがはるかに泥臭い。見た目も暴力団員とそう変わらない。

彼のような刑事には、台東区、江戸川区、葛飾区、あるいは北区、豊島区といったあたりのほうが向いている。地域によってたしかに犯罪のパターンがある。新宿あたりならば言うことなしかもしれない。

戦後の渋谷といえば闇市で、愚連隊から発した暴力団がかなりの幅を利かせていた。その伝統は七〇年代までは残っていた。だが、今その面影は百軒店か南口の裏手のあたりにわずかに残されているだけだ。

「おい、おまえ。安積係長の舎弟を助けてやれ。原宿駅前だ」

その怒鳴り声を聞きながら、安積は席に戻った。

間違いない。おまえさんの出番だってある。安積は心の中でもう一度そう言っていた。

5

山崎は、退院した三日後から勤めに出ていた。事件は新聞で報道されたが、被害者の名前は伏せられていた。

警察が発表しなかったのだ。銀行にはすでに事情を説明してあったが、職場に顔を出すのがひどく恥ずかしかった。

オヤジ狩りに遭って入院していたなどというのは、男として恰好の悪いことに感じられた。

実際は、交通事故のようなものであり、不幸な被害者なのだが、本人にはそうは思えなかった。

職場の皆が噂しているような気がする。体はまだ痛む。加えて、休んでいた間の仕事の遅れが彼を苛立たせた。

彼は、ある不動産物件の処理を急がねばならなかった。新宿区内にあるビルで、みどり銀行が抵当権を持っていた。バブルの崩壊によって持ち主が手放さねばならなかったビルのひとつだ。

このビルは、競売にかけられることになっていた。

不動産によって借金を返済する方法には二通りある。不動産競売と任意売却だ。

競売は、抵当権者である金の貸主が地方裁判所に申し立てて、裁判所が売却をする。一方、任意売却は所有者が買い手を見つけて直接売却するのだ。

任意売却は、競売に比べて売値を高く設定でき、短期で処分することも可能だ。裁判所による競売では、執行官と不動産鑑定士の資格を持った評価人が価値を判断し、入札を行う。

どうしても価格は低めになり、処理に時間がかかる。実際、東京地裁の場合、処理に二年もかかっている。また、不況下では落札されないこともある。

当然のことながら、銀行などでは任意売却を選択するのだが、これには落とし穴がある。暴力団などの介入を防げないのだ。

暴力団や占有屋と呼ばれる連中が、抵当物件に入り込み、短期貸借権を登記してしまうのだ。そして、その物件を貸借人として占拠してしまう。

この権利は、民法六〇二条で守られている。抵当権者もどうすることもできない。

暴力団の影がちらつく物件に買い手はつかない。抵当権者は、やむなく立ち退き料や貸借権登記の抹消承諾料を支払って出ていってもらうことになる。

銀行は、それでも早く物件を処理したいので、これまでは任意売却を行うことが多かった。立ち退き料を払ったとしても、競売にかけるより高く売れる場合もある。また、早く金になるというのがメリットだった。

バブルの崩壊以来、特に住専関連で銀行は膨大な不良債権を抱えることになり、その抵当の多くが不動産だった。

早く処理をしなければ、銀行自体の存続にもかかわる。

だが、警察当局などは、できるだけ裁判所による競売をするよう働きかけていた。暴力団への資金流入を防ぐのが目的だ。

また、少しずつではあるが、裁判所の処理能力も上がっていた。

銀行と暴力団の癒着は深くて強い。どちらも金のためなら何でもやる。銀行系のファイナンス会社で債権取り立てに暴力団を使っているところもあるくらいだ。

もちろん、みどり銀行も暴力団との付き合いはある。これまで立ち退き料を払ったことも一度や二度ではない。

暴力団の欲深さは底無しだ。一度甘い汁を吸わせたらとことん食らいついてくることを、銀行ではいやというほど知っている。

できれば、暴力団とのかかわりのない健全な競売で物件を処理したいのだ。

幸い、やや景気が上向いてきた。一時期危機的だったみどり銀行の不良債権問題も、一応危機を脱したように見える。

そこで、大口の物件に関しては競売で処理するという方針を決めたのだった。今の経済状況では、大口の物件に買い手がつかないということも理由のひとつだった。

山崎は、新宿区のビルに関して、裁判所に不動産担保実行申し立てをする手続きを進めていた。

机に座っていても、傷がうずき気分がすさんだ。日がたつにつれて、少年たちへの怒りが募った。

少年たちが言った一言一言を思い出し、身悶えするくらいの怒りを覚える。怒りだけではなく、いつしか憎しみが加わっていた。

大人をなめやがって……。ちくしょうめ。ただじゃおかないぞ……。

しかし、どうしていいかはわからなかった。ただ、怒りと憎しみに歯ぎしりするしかないのだった。

退行時間になっても、仕事が片づかなかった。はるか彼方の席にいる女子行員が立ち上がった。若草色のブラウスに、モスグリーンのベストにスカートという制服姿だ。

山崎が顔を上げると、その女子行員が意味ありげに山崎のほうを見ていた。

山崎はそっとあたりを窺い、うなずいてみせた。かなり遠くだったがその仕草の意味は相手に通じた。

女子行員は部屋を出てロッカールームに向かった。山崎は時計を見た。

いまさら遅れを取り戻そうと焦っても仕方がない。彼は自分にそう言い訳をして、仕事の片づけを始めた。

今日中にどうしても処理しなければならない事柄だけを拾いだし、それを片づけることにした。彼が銀行を出たのは、それから四十分後だった。

タクシーに乗り、赤坂の檜町に向かう。乃木坂通りで降り、スーパーの角を曲がって細い通りに入った。その通り沿いに目立たないバーがあった。

先程の女子行員が、カウンターに向かって何かのカクテルを飲んでいた。ほかに客はいなかった。この店は、ふたりの秘密の店だった。銀行の同僚はここまではやってこない。

もともと立地があまりよくないのか、客がさほどやってこないこともふたりには好都合だった。遅い時刻にはそれなりに客も入るが、七時前は、いつもすいていた。

店内はほの暗い照明で、カウンターの客が座っている場所にだけピンスポットの明かりが灯る。

山崎は女子行員の隣に座ると挨拶代わりにそう尋ねた。

「何を飲んでいる?」

「ウォッカマティーニ」

「俺は、スコッチのオンザロックだ」

山崎はバーテンダーに言った。バーテンダーは上品にうなずいた。いつも山崎が飲むウイスキーの銘柄を覚えている。

山崎の飲み物が来て乾杯すると、女子行員が言った。

「たいへんだったようね」

「頭に来るよ、まったく……」

彼女の名前は小出由香里。山崎と付き合いはじめてまだ二カ月ほどだ。山崎には、由香里のような女性が必要だった。

不本意な結婚生活に耐えている彼は、その代償を求めたのだ。

「まさかあなたがオヤジ狩りに遭うとはね……」

由香里はどこか面白がっているようだった。山崎は苦い顔をした。公園のアベックを眺めに行って襲われたなどとは口が裂けても言えない。

「あんなやつらを野放しにするなんて許せんな……」

「大人たちは汚いことを平気でやる。だから、俺たちは大人たちをこらしめる……。彼らはそう考えているそうよ。この間、テレビの報道番組で特集をやっていたわ。インタビューにこたえて、チーマーがそう言っていた……」

「俺にも似たようなことを言ったよ。冗談じゃない。あいつら社会ってものを知らないんだ。社会に出れば、命令されて不本意なことだってやらなければならない。それを汚いだなどと言ってられるのは、すねかじりのうちだけだ」

「少年の純粋さかしらね……」

「そんなきれいなもんじゃないさ。あいつら、中年男が女子高生を金で買うのが頭に来るんだ。金がないからな。女にもてない。いつも欲求不満なんだ。自分が女とやれないので、憂さ晴らしをしているだけのことだ」

「援助交際、したいと思う?」

由香里は、小悪魔的な笑いを浮かべて尋ねた。

「悪くないかもな」

山崎は、わざとそうこたえた。

「あたしが、セーラー服を着るんじゃだめ？」

山崎は一瞬、本当にその光景を想像した。由香里は二十七歳の女盛りだ。体は引き締まり、タイトなスーツがよく似合っている。

滑稽（こっけい）でもあり、また、欲情をそそる想像でもあった。

「セーラー服より、看護婦の制服のほうがいいな」

「あら、制服フェチだったの？」

「男は多かれ少なかれその願望はあるさ」

「それで銀行の制服姿のあたしに惹（ひ）かれたの？」

「そうかもしれないな」

「今度は、制服で楽しんでみる？」

山崎はにやりとした。

「銀行の中でやってみようか？　ロッカールームとか階段の踊り場とか……。給湯室もいいな。スリルがあって興奮するかもしれない」

「あなたにそんな度胸、ある？」

山崎は、間を置いてから言った。

「ないな。スキャンダルは命取りだ」

「あたしはかまわないわよ」

「脅かすなよ」

由香里は、心底面白そうに笑った。

「今夜、時間はあるの？」

「ああ。残業で遅くなると言ってある。どうせ妻はまだ帰ってないだろうしな……」

「出ましょう。時間が惜しいわ」

「そうだな」

ふたりは、そのバーの近くにあるホテルに入った。乃木坂通りからかなり奥まった位置にあり密会にはもってこいだった。

「シャワーを浴びるわ」

「俺は包帯があるから、シャワーは使えない」

「まだ痛むの？」

「ああ。痛む」

「そんなんで、できるのかしら？」

「どうかな……」

「いいわ。あなたは寝てるだけでいいわ。あたしが上になる」

由香里は、服を脱いで惜しげもなく裸身をさらすとバスルームに消えた。

ベッドで、彼女は言葉どおりのことをやってくれた。山崎はただ寝ていればよかった。

柔らかな由香里の体が、山崎の上でしなやかに動き回った。

しっとりとした掌(てのひら)が、そして舌が山崎の体をはい回る。長い髪が胸を撫(な)で、たっぷりとした乳房が移動していく。

由香里は自由に動くことでいつもより興奮しているように見えた。意外と攻撃的な性格なのかもしれないと山崎は思った。

こういう場合、それも悪くはないな……。たしかに由香里のサービスぶりは、献身的というより積極的なものだった。山崎も楽しませるが、自分もたっぷりと楽しんでいる。山崎も次第に高まってきた。

「顔のほうに来いよ、なめてやるよ」

山崎はかすれた声で言った。不思議にこういうときは、言葉が足りなくても意味が通じる。

由香里はくすくすと笑うと、腰を山崎の顔に寄せてきた。山崎の顔の両側に太股がある。肉付きがいいが、形のいい太股だ。

山崎は、顔のまわりにあるすべての部分をなめた。これまでにないくらい興奮しはじめた。

怪我(けが)をした不自由さが倒錯的な興奮を呼んでいた。

由香里は声を上げはじめた。彼女はそれほど濡(ぬ)れやすいほうではない。だが、今日は豊かに潤っている。

山崎の上で背を弓なりにのけ反らせている。軽く達してしまったようだ。

やがて、彼女は山崎の下半身のほうに下っていった。山崎は、熱く潤った部分にじわじわと包まれていくのを感じた。

濃い快感が生まれつつあった。

腰を動かすと特殊警棒で殴られた太股が痛んだ。それでも動かさずにいられなかった。

由香里は、山崎の下からの突き上げに合わせるようにリズミカルに腰を動かす。さかんに声を上げている。いつもよりはるかによさそうだった。

由香里の腰の動きはひどく煽情的だった。見ているだけで体の奥からぞくぞくと快感が押し寄せてくる。

山崎はいつしか歯を食いしばっていた。切り裂かれた顎の脇が痛む。だが、それより、由香里の動きによって生み出される快感のほうが大きい。

腰の奥底から最後の快感が押し寄せてきた。山崎は、うめくような声を上げ、放出した。同時に、由香里が大きくのけ反り、やがて力尽きたようにがっくりと山崎の胸に崩れ落ちてきた。

「こんなによかったのは、初めてだ」

山崎は言った。「またおまえと別れられなくなったな」

由香里は、肩を上下させて息を弾ませている。言葉にならないようだった。

しばらくそのままの状態でいたが、やがて由香里は滑るように山崎の体から降りた。

「別れる？　あたしと？　あなたにそんなことはできないわ」

山崎の隣に横たわると彼女は言った。「別れるとしたら、あたしとじゃなく、奥さんと、でしょ？」

「冗談じゃない」

山崎は、嘲笑うように言った。「離婚などできるものか。出世できなくなっちまう」

「でしょうね。あなたにその度胸はないわね」

「度胸の問題じゃない。俺は今の生活を失う気はない。大手銀行の課長だ。友達の中でも収入は多いほうだ。それに、おまえのようなすばらしい彼女がいる」

「奥さんと別れて、と言ったら？」

「断るだけさ」

「あたしを甘く見ないでね」

山崎は思わず首をもたげて、由香里の顔を見た。暗い部屋の中で白い由香里の顔が面白そうにほほえんでいる。

「なんだと……？」

山崎はつぶやくように言った。

「冗談よ」

由香里は、声を出して笑い出した。「そんなに慌てることはないでしょう。心配しないで、あたしだって今の生活が気に入っているわ。勘違いしないでね。あたし、あなたに口説き落とされたわけじゃないのよ。あたしが付き合ってあげてるのよ」

彼女はするりとベッドを抜け出すと、全裸のままバスルームに向かった。その美しい後ろ姿は、誇らしげですらあった。

仙川の自宅に戻っても、山崎はかすかな高揚感を覚えていた。妻のこともいつもほど気に障らない。

（やはり、いいセックスというのは、男にとって最高のガス抜きになるな……）

彼はそんなことを考えていた。

妻の佳代子(かよこ)も、若いころはかなりの美人だった。ただ、性格が合わないだけだと山崎は思っていた。

佳代子は、外に出たがる積極的な性格だ。家庭で喜びを見いだすタイプではない。その点、銀行員の妻としては失格だと山崎は考えていた。

若かった山崎は、佳代子の積極的なところにも魅力を感じていたのだ。銀行員の妻に向かないという言い方は夫の勝手な言い草であることはわかっていた。

だから、子供を作りたくないという妻の意見にはしぶしぶ同意していた。子供ができないということは、妻といつまでも二人で向き合わなければならないということだ。どんな夫婦でもそれは辛い。

子供さえいれば、と思うことはしばしばだった。しかし、山崎はじっと耐えていた。

山崎が自宅に着いたのは十一時近くだったが、佳代子はすでに寝ていた。明日は婚礼が重なり、朝が早いというメモがダイニングキッチンのテーブルに載っていた。

山崎は、そのメモを握り潰し、ごみ箱に放った。放ったというより叩きつけたというほうが近かった。

彼は、冷凍庫から氷を出し、水割りを作った。リビングのソファに腰を下ろし、テレビをつけて水割りを飲みはじめた。

すぐにベッドルームのドアが開いた。

眠そうな佳代子が、しかめ面をしていた。山崎は、その醜さにたじろぐ思いがした。これがあの若く美しかった佳代子か……。

「ちょっと、目が覚めちゃったじゃないの……」

「ああ?」

「テレビよ。明日早いってメモ、見なかったの?」

「ああ……。すまんな……」

山崎はボリュームを落とした。

「あなたも早く寝たらどうなのよ」

佳代子は、ベッドルームのドアを腹立たしげに勢いよく閉めた。

山崎は、深く溜め息をついていた。

それでも離婚はできない。銀行員にとって離婚はタブーだ。

俺より不幸な結婚をしているやつは山ほどいるんだ。

山崎はそう思って自分を慰めることにしていた。幸い、俺は経済的には恵まれている。それに、小出由香里という若い彼女もいる。これくらいのことは我慢できるさ。

彼は水割りを飲み干し、さらにもう一杯作ることにした。

妻の態度が、山崎の怒りの部分に火をつけた。彼は、チーマーたちのことを思い出してしまった。

くそっ。あいつら、なんとかして思い知らせてやりたい……。

山崎は水割りを飲みながら、切実にそう考えていた。

6

外国人と日本人の露天商の争い事は意外な方向に発展していった。外国人というのはマル暴の係長が読んだとおりイラン人だった。イラン人のほうの態度がおかしいので調べたところ、マリファナと大麻樹脂をかなりの量、所持していた。

安積は須田からその報告を受け、すぐに生安課に話を持っていき、マル暴係と生安課生安係にすべてを任せた。

須田と黒木は銀行員傷害・恐喝事件の捜査に戻った。

だが、相変わらず進展はなかった。渋谷署からも情報は入ってこない。安積は、毎日、渋谷署刑事課強行犯係の小倉係長に電話を掛けた。

「ガキのこたあ、放っとけよ」

ある時、小倉係長はたまりかねたように言った。

「どうせ検挙したって、家庭裁判所で不起訴になるか保護観察になるかだ。刑事の仕事じゃねえよ。少年課に任せておけばいいんだ」

安積は辛抱強く言った。

「被害者から訴えが出てるんだ。傷害と恐喝。放ってはおけない」

「苦労性だな、え？　安積さん」

「その点は自覚してます」

「わかった。何かわかったら、こちらから電話する」

小倉係長は、暗に毎日電話をよこすなと言っているのだ。だが、安積はその次の日も電話するつもりでいた。

「よろしく頼みます」

そう言って、安積は電話を切った。

村雨と桜井が調べに行った小火は、放火の疑いが強まった。

最初の小火と状況がかなり似かよっていた。消防署の所見でも、放火を疑う必要があるということだった。

二度目の小火は、竹下通りからさらに小路に入ったあたりで、タレント・ショップが軒を並べているあたりだった。有名なタレントの像が燃えたということでワイドショーでもかなり放映された。

村雨と桜井は、その捜査を始めた。

放火犯の逮捕には地域係の外勤警官と綿密な打ち合わせをした上での地道な捜査が必要だった。

「桜井にはいい勉強になりますよ」

村雨は安積に言った。

そういうことは、本人のいないところで言うものだ。安積は心の中で思ったが、実際には、ただ無言でうなずいただけだった。

こうして慌ただしく日が過ぎていった。

すでに、山崎が襲撃された日から二週間たった。

全治二週間と言っていたな。

安積は思った。怪我が全快したころだ。怪我は時間がたてばよくなるが、捜査は時間を追うごとに状況が悪くなっていく。

もし、目撃者がいたとしても、その記憶は見た直後が一番鮮明であり、時がたつにつれ曖昧(あいまい)になってくる。

犯行時に、近くに固まっていたさまざまな証拠や証言を得られそうな人物は、時間がたつにつれて周囲に拡散していく。まるで、お湯の中の角砂糖のようなものであることを安積は経験上知っていた。

須田と黒木もそれを知っているに違いない。それでも、毎日捜査に出かけていく。なんとか打つ手はないものかと安積は思った。

これも新設署の辛いところだ。長年地元に根を張っている警察署なら黙っていてもさまざまな情報が集まってくるものだ。

刑事たちが独自の情報源を持っているし、昼飯にありつきたい一心で情報を持ちかけてくる類(たぐい)の連中もいる。

地域係も、長年務めているうちに、住民と顔見知りになる。そうやって細々(こまごま)とした情報を集めることができるのだ。

神南署の刑事たちはまだ情報源を確保するに至っていない。やはり、古くからある渋谷署と原宿署に頼るしかなかった。

（音を上げたって、毎日電話してやるさ）

安積は思った。なんとか渋谷署の小倉に恩を売る方法はないものか……。そうすれば、無理やりにでももっと協力させるのだが……。突然、出入り口付近が騒がしくなった。

安積は思わずそちらを見た。黒木と須田が、二人の少年を連行しているところだった。

安積は席を立ち、そちらに向かった。

「何事だ？」

「あ、チョウさん」

須田が言った。須田の顔は汗まみれだった。「こいつら、宮下公園でホームレスに暴行していたんですよ。四人いたんですが、二人は逃げました。取調室に連れていくところなんですが……」

「扱いに気をつけろ」

安積は言った。「見たところ、そいつらはまだ少年だ」

「ええ」

須田は言った。「わかってますよ。チョウさん」

釈迦に説法だったかな。安積はそう思って席に戻りかけた。そこから思いなおして彼も取調室に向かった。

　時計を見た。午後八時。

　もうこんな時間だったのか。

　黒木と須田は、二人の少年を別々の取調室に連れていった。安積は、須田が入った取調室を訪ねた。

「チョウさん。どうしたんです？」

　須田がびっくりした顔で安積を見た。容疑者の前でこれほど無防備な表情をする刑事は他にいない。

「私も話が聞きたい。例の件との関連は……？」

「まだ、何とも……。これからですよ」

　安積はうなずいた。

　ひとりになると、先程まで反抗的だった少年は驚くほどおとなしくなった。髪を茶色に染め、大人たちが顔をしかめるような恰好をしていたが、それは多分にファッションであり、筋金の入った反抗の象徴ではない。反抗がファッションであるのは、安積の若いころも同様だった。

　長髪にジーンズ。これらは大人たちへの反抗の意味合いがあった。今も昔もそれほど変わってはいない。

　だが、なぜか最近の若者の言動には神経を逆撫でするようなところがある。大人をはなからばかにしているのだ。

自分たちは潔癖で、大人は汚い。少年少女たちはそう決めてかかっている。いや、私の若いころもそうだったかもしれない。不愉快に感じるのは私が年をとった証拠で……。

「チョウさん」

須田が自分を呼んでいるのに気づいた。

「何だ？」

「チョウさんが尋問しますか？」

「私は状況を知らない。おまえが訊いてくれ」

須田はうなずき、テストを受ける生徒のように緊張した面持ちになった。

須田は経験豊富な刑事だ。いまさら緊張する必要はない。だが、彼はこういうとき、まるで新米刑事のような態度を取る。

だが、安積は心配していなかった。須田は、見かけよりずっとタフな刑事だ。

一時間後、安積たちは思ってもいなかった有力な情報をつかんでいた。

ホームレスを痛めつけていた少年は、自分が警察に捕まったことにショックを受けていた。自分がしたことが犯罪であり、警察沙汰になるのだということに気づいていなかったのだ。

気づいていたかもしれないが、実感はできていなかった。捕まって初めて現実に気がついたのだ。

彼はすっかり心細くなり、素直にしゃべりはじめた。そして、自分が助かりたい一心で、チーム同士の噂などを話しはじめた。

最近、オヤジ狩りをしたというチームに心当たりがあると言い出したのは、尋問を始めて三十分以上たったころだった。

須田がさりげなく水を向けたのだ。少年によると、オヤジ狩りをやったのは、タクと呼ばれている少年が率いるグループだということだった。

タクの人相風体は、山崎が言っていた加害者のものと一致した。髪が長く、痩せ型。そして、タクのグループが五人であるという点でも一致した。

黒木も尋問を終え、もうひとりの少年とほぼ同様のことを聞き出していたことがわかった。

「ついてましたよ、チョウさん」

須田が言った。

いや、つきじゃない。地道な捜査はこういう結果を生むんだ。そう思いながら、安積は言った。

「まだタクという少年を見つけたわけじゃない。そして、タクが山崎照之を襲った犯人だと決まったわけでもない」

「そうですね……。でも有力な手掛かりですよ。ようやく一筋の光が見えたっていうか……」

須田は、じつにありふれた比喩を使う。彼がもっと複雑な思考の持ち主であることを安積は知っている。それを悟られまいと、わざと慣用的な言葉を使っているようにすら感じられる。

「続きは明日にしよう」

時計を見ると、十時になろうとしている。「どこかで一杯やるか、さもなければ帰って早く寝るんだ」

すでに、村雨と桜井は直帰しているはずだ。幸い、今夜の当直は別の係の誰かだった。安積も帰ることにした。

彼は、目黒区青葉台のマンション住まいだ。結婚して五年目に無理をして買ったマンションだった。

離婚したときに、そこを売ってもっと安い独り暮らしに見合ったマンションに引っ越すべきだと言ってくれた友人は少なくない。だが、安積は今でもそこに住んでいた。

誰も待っていない自宅だが、自分の城には違いなかった。

傷も癒えて、山崎は南青山五丁目にある馴染みのバー『バード』にやってきた。

前回このバーに来たときに、少年たちに襲われた。その記憶は残っていたが、何も『バード』に寄ったことが悪かったわけではない。

問題は、『バード』を出たあとの帰り道のコースだった。

ガキどもが集まる場所には近寄らないようにしよう。

山崎はそう決めていた。やつらは、われわれとは別の世界に住んでるんだ。俺たちが築き上げた社会とは別の世界に。

山崎のほかに三人の客がいた。一組はおしゃれなアベック。ショートカットの女性は魅力的だ。ただのOLといった感じではない。マスコミ関係ではないかと山崎は思った。

男性のほうもそういう仕事に見えた。

スコッチのオンザロックを飲みながら、こういう派手な連中がうらやましいと思った。

自分の仕事が無味乾燥に思われる。

他人の芝生は青く見えるものだ。

山崎は、自分をそう説得した。

向こうから見れば、案外俺たちの生活がうらやましく見えるかもしれない……。

あとは一人だけの客だった。カウンターの一番隅にいる。

何度かこのバーで見かけたことのある男だった。古くからの常連ではない。最近、この店に顔を見せるようになった。

もちろん、名前も知らない。話したこともなかった。

おとなしそうな男だった。どちらかというと上品な感じがする。バーテンダーの江藤と話をするときも実に物腰が柔らかい。

アベックは彼らの話に熱中している。山崎はバーテンダーの江藤と話を始めた。

「ようやく傷が治ったよ……」

「しばらく来なかったんで、どうしたのかと思っていたよ。何かあったのか？」

「新聞で読んだろう？　銀行員がオヤジ狩りに遭ったって……」

「あれ、山崎さんのことだったの？」

「情けない話だがね……」

「そりゃ災難だったな。しかし、近頃のガキどもはどうなってるんだろうな。オヤジ狩りにホームレス狩りだ。最近じゃコギャル狩りなんてこともやっているらしい」

「コギャル狩り？」

「援助交際をするようなやつを狩るんだってよ。制裁を加えるんだなんて言ってやがるけど、何のことはない。捕まえて輪姦(まわ)してるんだ」

「ひどい話だな」

山崎は顔をしかめた。「相手かまわずかみつき、弱い者をいたぶり、女を犯す。獣みたいな連中だ」

「獣を悪く言っちゃいけない。野生の動物は、自然のルールに従って生きている。最近のガキどもに野生動物ほどの品性はない」

「俺は心底頭に来てるんだ」

山崎はうなるように言った。アルコールが入り、またしても怒りに火がついた。「警察に告訴するかと言われたから、すると言ってやった。あいつら、自分が悪いことをしていると思っていない。それをわからせてやらなけりゃならないんだ」

カウンターの隅にいた上品な男の声が聞こえた。

「警察は当てにはなりませんよ」

山崎とバーテンダーの江藤は同時にそちらを見た。

男は穏やかにほほえんでいた。山崎はその笑顔に引き込まれるように尋ねた。

「どうしてです？」

「ああ、失礼、お話に割り込んでしまって……」

「かまいません。警察が当てにならないというのはどういうことです？」

「警察というのは見た目よりずっと忙しいところでね……。子供たちのちょっとした悪戯なんかより重要な事件を山ほど抱えているんです」

「子供たちのちょっとした悪戯？」

「ああ、申し訳ない。被害者の方はそうは思われないでしょうね」

「そう。私は殴られた上に、金を奪われた。全治二週間の怪我ですよ」

男はうなずいた。

「興味深いお話です。そちらに行ってよろしいですか？」

「もちろん。どうぞ」

男は、グラスを手に山崎の隣へやってきた。男が移動するのを潮に、マスコミ関係者らしいカップルは勘定をして店を出ていった。山崎は、これからその二人がどこへ行って何をするのか、ちょっとばかり想像を働かせてみた。

「いくら取られたんです？」

「え……？」

「金を取られたとおっしゃったでしょう」

「ああ……。一万円ほどですかね」

「全治二週間と言われたが、実際に仕事に支障をきたしたのはどのくらいでした？」

「そう。三、四日ですね」

「もしあなたが刑事だったら、どう思うでしょうね」

「どうって？」

「あなたは刑事で、殺人事件や、被害額何百万の強盗事件などをいくつも抱えている。解決するより早く事件が起こり続ける。さあ、どうです？　一万円ほど奪われ、三日ほど仕事を休まなければならなかった運の悪い男のことをどう思うでしょうね」

山崎は考えた。

そしてあまり面白くない結論に達した。

「やはりたいした事件ではないと思うでしょうね」

「そう。たいていは、書類を回して捜査をしているということにしてしまう。たしかにわれわれ一般人にとって、街中で殴られたりするのは大事件です。でも、警察にとっては暴力沙汰は日常なのです。毎日何件もの暴力沙汰に接しているのですからね」

「警察のことにお詳しいんですね」

「まあ、いろいろとってがありましてね」

「私のような者は、泣き寝入りですか？」

「問題はそこです」

男は、あくまでも静かに言った。「たしかに犯罪を扱うプロの警察にとってはたいしたことではないかもしれない。しかし、被害者にとっては大事件なのは確かです。奪われたのは金だけではありません。もっと大切なものを奪われたはずです。プライドですよ。そして、やりどころのない怒りが残る」

山崎は大きくうなずいた。

「そのとおりですよ」

「わかりますよ、そのお気持ちは……」

「ぶっ殺してやりたい気分ですよ」

「穏やかじゃないですね」

男は柔らかく苦笑した。

「本当にそんな気分なんですよ。あいつらが何不自由なく暮らしていられるのも、私たちが必死に働いてそういう世の中を作ったからじゃないですか。それを面白くないと、やつらは言っているんです。世の中というものをわからせてやらなきゃ……」

「どうです？　私に任せてみる気はありませんか？」

「あなたに……？」

「いろいろな知り合いがいましてね。犯人を見つけ出すことができるかもしれません」

「あなた、私立探偵か何かですか？」

男は笑った。

「まあ、そのようなもんです」

山崎は、冗談として聞き流すこともできた。しかし、なんとかあの少年たちに大人の恐ろしさを思い知らせてやりたいという気持ちで心の中は一杯になっていた。

「警察が当てにならないというのは本当ですか？」

「少なくとも、私はそう思います。告訴など取り下げてしまいなさい。どうせ、連中が逮捕されても家庭裁判所で説教を食らうのが関の山です。少年は法で守られていますからね。それで、連中はつけあがっているのですよ」

「あなた、本当にやつらを見つけられるのですか？」

「多分ね」

「見つけた後はどうすればいいのです？」

「お好きなように。まあ、見つけてから考えればいい」

「報酬は？」

「報酬？」

「私立探偵のようなものとおっしゃったでしょう？」

「そうね。成功報酬ということで……。まあ、見つけるまではボランティアということにしておきましょう。私は人助けが趣味なんですよ」

「頼みます」

山崎は、決意したように言った。「何としてもやつらを見つけてください」

「わかりました。あなたの連絡先を教えてください。それと、事件の状況を詳しく知る必要がありますね」

山崎は名刺を出し、それに自宅の電話番号を書き込んだ。それを男に渡すと、あの夜の出来事や相手の少年たちの特徴を詳しく話した。

「それで……」

山崎は尋ねた。「あなたは……？」

「小淵沢（こぶちざわ）……。小淵沢茂雄（しげお）と言います」

「連絡先は？」

「必要があれば、こちらから連絡します」

そう言うと、小淵沢は勘定を済ませて店を出ていった。

山崎は、バーテンダーの江藤に尋ねた。

「あの人のこと、何か知ってる？」

「さあ……。いつも一人で来て、黙って飲んでるからね……」

まあ、ガキどもをとっ捕まえてくれれば儲（もう）けもんだな……。山崎は気楽に考え、さらにオンザロックのお代わりを頼んだ。

7

「告訴を取り下げる？」

安積警部補は、山崎の顔を見つめていた。「なぜです？」

「事件直後は興奮していましてね。考えてみればそれほど重大なことではない。こちらも、注意が足りなかったわけですしね」

安積警部補は、無言でしばらく小刻みにうなずいていた。

山崎は勤務時間中に銀行を抜け出して、神南署を訪ねたのだった。彼は、恩きせがましい口調で言った。

「刑事さんたちは、たいへんな事件をたくさん抱えているのでしょう。こんな些細な事件はなるべく減らしたほうがいいに違いないと考えたんですよ」

「それは、われわれの考えることであって、被害者が考えることではありません」

「とにかく、もういいんです」

「恐喝や傷害は親告罪ではないので、告訴がなくても捜査は続けられるし、起訴もできるんですよ」

「どうぞ、その点はご自由に……。何か、正式な書類が必要ですか？」

安積警部補は首を横に振った。

「ただし、一度取り下げた事件は、もう二度と告訴はできませんよ」

「けっこうです」

安積はしばらく山崎を見つめていたが、やがてうなずいた。山崎は、安積の席の脇まで引っ張ってきていた村雨の椅子から立ち上がった。

「では、これで失礼します」

けっこうな話じゃないか。

安積は思った。どうにか早いところ決着をつけたいと思っていた事件だ。すでに、告訴状は刑事訴訟法第二四二条により検察官に送られているはずだった。

取り消しも同様の手続きを取らなければならない。検察官は、取り消しの書類を受け取ったらどういう判断を下すだろうか？

これ以上の捜査の必要はないと考える可能性が高い。

だが、今も犯人の所在を追って駆け回っている須田と黒木はどう思うだろう。もちろん、検察が必要なしと言っても、刑事は独自の判断で捜査を継続することができる。しかし、そんな無駄な仕事を増やそうとする刑事などいない。

安積は、戸惑った。

私は何をこんなに迷っているのだ。

事件が一つ減ろうとしている。大助かりじゃないか。

タク。

須田と黒木は、そこまでこぎ着けた。それが無駄になろうとしている。もしかしたら、それを惜しいと考えているのだろうか？

刑事は狩人のようなものだ。獲物が近くにいるとわかったら捕らえずにはいられない。仕事が減ったことを喜ぶより、犯人が明らかになり、それを逮捕することを喜ぶ。

だが、それだけではなさそうだった。

山崎の唐突な態度の変化。それが引っかかっている。告訴を取り下げる人はいくらでもいる。だが、なぜか山崎の様子は気になった。

安積は、告訴取り下げの書式を思い出そうとしていた。基本的には告訴状と同じだった。書類を書こうとしながら、なおも安積は考えていた。須田が帰ってきたら相談してみよう。担当者の判断が何よりだ。

須田は思ったとおりの反応を示した。

目を丸く見開き、自分の席の前で立ち尽くした。

「告訴を取り下げた……？」

黒木は、表情を変えず安積を見ている。しかし、割り切れない気持ちでいることはすぐにわかった。

「まあ、座れ」

安積は言った。「須田。おまえが、最初からこの件に乗り気でなかったことは知っている」

「いや、チョウさん。乗り気じゃなかったなんて、そんな……」

「いいんだ。誰だってそうだ。少年たちに振り回されるのは面白くない」

「チョウさん、違うんです。俺、やつらを追い詰めるのが嫌なんです」

安積は、しばし須田を見つめた。やはり、こいつは、私が思っているよりずっと多くのことを考えている……。

「検察官の判断にもよるが、この件は、なかったことになる可能性もある。いずれにしろ、私はある程度のところで片をつけようと考えていた。そこでだ、おまえたちの意見を聞きたい」

「意見ね……」

須田は、にわかにむっつりとした表情になった。まるで仏像のように見える。彼が何かを真剣に考えているときの表情だった。

「タクという少年はどうなった?」

「主に週末にメンバーを集めているらしいです」

「事件が起きたのは週末じゃない」

「ええ。ですが、あの日、タクを見かけたという連中もいるのです。ウィークデイですけど、遊びに出たという可能性はあります。聞き込みの結果は黒という印象ですね」

「聞き込み? どういう方面の?」

「チーマーや女子高生」

安積は思わず黒木の顔を見た。黒木は、肩をすぼめて見せた。

「あんなに大人を……、特に警官を毛嫌いしている連中が、須田チョウには話をするんです」

ありえんことじゃない。

安積は思った。須田という男はときに魔法を使う。

「タクまでたどり着けそうだということだな?」

「時間の問題ですよ。チョウさん」

須田はまた考えた。安積はこたえるまで待つことにした。

「手を引きたいか?」

「いえ」

須田は言った。「乗り掛かった舟ってやつですね」

安積はうなずいた。

「わかった。継続して捜査をしてくれ。検察への告訴取り下げ状には私が一筆添えておく」

須田はただうなずいただけだった。用箋を取り出し、報告書を書きはじめる。

村雨と桜井は一日中外を回っていて、まだ帰って来ない。すでに退庁時間の五時十五分を過ぎている。

五時十五分? その時刻の意味を忘れてしまいそうだった。明日は、渋谷署の小倉警部補に忘れずに電話してタクのことを尋ねてみよう。

安積が自宅に戻ったのは、九時過ぎだった。鍵を差し込む音が冷たく廊下に響く。マンションがあるのは、西郷山のふもとだ。

西郷山と言っても、今では坂道がその存在を辛うじて感じさせるに過ぎない。貪欲に増殖するアメーバのように住宅が立ち並んでいる。

マンションの部屋は冷えびえとしている。ろくに掃除もしていない。かつては、ここに家庭があった。今は部屋があるだけだ。

玄関の郵便受けに入っていた封筒の束を応接セットのテーブルに投げ出す。すでにそこには開いていないDMの束が載っていた。

サイドボードの上には娘の涼子の写真が飾ってある。妻の写真はない。

安積は、サイドボードからウイスキーを取り出し台所に持って行った。水割りを作って飲みながらリビングルームに戻る。

体の奥底に疲れが固まっている。それは、どんなことをしてもぬぐい去ることのできない疲れに思えた。

しかし、ウイスキーの効果は絶大で、一杯を飲み干すころ、安積はかなりゆったりとした気分になっている自分に気づいた。

速水め……。

安積は思った。

妻とよりを戻せだと……。

数年前までなら、とんでもないことだと思っただろう。とにかく、別れる直前は最悪だった。安積は疲れ果てていたし、その苛立ちが妻を責め苛(さいな)んでいた。

いっしょにいることが辛かった。安積は心底独りになりたいと思い、妻も安積とはいられないと感じているはずだと思った。

別れ話を切り出したのは妻のほうだ。涼子のことは気になったが、険悪な夫婦の様子を見て育つより、別れてしまったほうが涼子のためにもなる。いつしかそう考えるようになっていた。

そして、安積は離婚した。別れてみて、いっしょにいることがあれほど嫌だった妻のことを、実はそれほど憎んではいないことに気づいた。

それから、後悔の日々が始まった。

知り合いに訊くと、これはたいへん珍しいことだそうだ。

たいていは、別れるとせいせいするのだという。男は自由を取り戻したような気になり、二度と結婚などするものかと思う。

安積は情けないほど落ち込んだ。刑事という職業のせいにしたくなった。もう少し、自由な時間があれば……、もう少し、気持ちに余裕があれば……。

そんなことを考える毎日だった。

酒を飲むのが怖かった。飲むとどうなるか自分でもわからない状態だった。

だが、やがて安積は気持ちに整理をつけた。孤独な戦いを終わりにしたのだ。戦うべき相手は別にいる。

ベイエリア分署に配属され、係長となったときに、安積は自分を変えることができた。

安積は、速水のことを思い出し、くすくすと笑っていた。

自分は結婚もしていないくせに、人の心配ばかりしている。他人のことなど知ったことか、という顔をしながらな……。

安積は、涼子の写真を見た。今では、妻と涼子と三人で食事をできるようになった。それは安積にとって大切なひとときだった。

よりを戻すか……。

安積は思った。これは検討に値する問題かもしれない。

銀行から出かけようとしたとき、机の上の電話が鳴り、山崎は舌打ちした。

「小淵沢です」

「誰ですって?」

「お忘れですか? 『バード』で……」

「ああ……」

あれは先週のことだ。山崎は期待していなかったので電話が来たことに驚いた。

「警察のほうはどうです?」

「告訴は取り下げましたよ」

「なるほど……」

「それで、どうなんです？」

「もちろん、見つけましたよ」

「本当ですか？」

「ええ。私には頼りになる知り合いがいましてね」

「警察でも見つけられなかったのに……」

小淵沢は笑った。妙に乾いた笑い声だった。

「警察とはまた違った情報網があるのですよ。蛇（じゃ）の道は蛇（へび）という言葉をご存じですか」

「私立探偵というのもばかにはできませんね」

「それで、あなたがどうされたいのか、伺おうと思いましてね」

山崎の胸にどす黒い怒りがわき上がった。彼は周囲を見回し、小声になって言った。

「復讐（ふくしゅう）したいですね」

「わかりました」

小淵沢は驚きもせずに言った。「では、土曜日の夜十二時に、宮下公園にいらしてください」

宮下公園。小淵沢は何をしようというのだろう。まさか、私にあの連中と再び戦えというのではあるまいな……。

山崎は、小渕沢の思慮深そうな物腰を思い出した。

まあ、彼に任せておけばだいじょうぶだろう。あとは報酬の相談をしなければな。

山崎は、鞄(かばん)を持って地方裁判所に出かけた。


通りにはまだ若者たちがたくさんいた。だが、宮下公園には人影はまばらだ。街の喧騒(けんそう)を逃れたカップルがいるが、じきに姿を消すはずだった。

カップルはそろそろ次の行動を決めなければならない時刻だ。

山崎は、十一時四十五分に公園にやってきた。細長い公園は意外に広く、小渕沢がどこにいるかわからない。

歩いているうちに、声をかけられた。振り返ると、小渕沢が立っていた。黒っぽいスーツを着ている。

おや、と山崎は思った。『バード』で見かけたときと印象が違うような気がした。明かりのせいかなと思った。

それに、あのときは、カウンターに向かってお互い座っていた。座ったときと立ったときは印象が違うものだ。

「こっちですよ」

小渕沢は、歩き出した。山崎はその後に続いた。人気(ひとけ)のないほうに進んでいく。やがて、行く手の闇(やみ)の中に複数の人間がいるのが見えてきた。

「さあ、こっちです」

小淵沢がもう一度言った。

山崎は息を呑んだ。

すでに、五人の少年が、ひと固まりになって地面に尻をついていた。怯えた顔で自分たちを取り囲んでいる男たちを見上げている。

少年のひとりは鼻血を流していた。

長髪の細身の少年。

金髪にピアスの少年。

髪を短く刈り、それをつんつん立てている少年。

バンダナに迷彩ズボンの少年。

そして、黒いスポーツウェアの少年。

間違いなくあのときの連中だ。しかし、その連中を取り囲んでいる男たちを見て、山崎はさらに驚いた。

いずれも背広を着ていたが、一目で堅気の人間でないことがわかる。男たちはやはり五人いた。

「高間卓というんですよ」

小淵沢が言った。やはり『バード』のときとは別人のようだった。彼は、頬を歪めるようにして笑っている。凄味のある悪党面だった。その声だけが、最初に話をしたときと同じく穏やかだった。「通称、タクというんですがね」

山崎は言葉を失って、小淵沢を見つめていた。小淵沢はタクに言った。

「おい、この人を覚えているだろう?」

他の四人はすっかり怯えてしまっているが、タクだけはなんとか虚勢を張っている。タクは小淵沢を睨みつけていた。

「おまえが襲った方だ。私の友人でね。友人に何かあると、私ら黙っちゃいないんだ」

小淵沢は山崎のほうに笑顔を向けた。山崎はぞっとした。

「さ、山崎さん。好きなだけ復讐をするといい。大人に逆らったらどうなるか、思い知らせてやるんでしょう?」

「……私は……」

「おや、どうしました?」

「私にはできない……」

小淵沢は鷹揚にうなずいた。

「そうですか。では、私たちが代わりにやってさしあげましょう。でも、別途の報酬が必要になりますよ」

くくくと不気味な笑い声を上げた。それから、小淵沢はかすかに首を動かした。

それだけの合図で、五人のヤクザ者が一斉に動きはじめた。

彼らは、罵声を上げることもなく淡々と動いた。少年たちの悲鳴と、殴打の音だけが聞こえる。

山崎の思考は停止してしまった。

何だこれは。

いったい、どういうことなんだ？

男たちの動きは、まるで手慣れた職人を思わせた。無駄な力がどこにも入っていない。それでいて、充分な効果を上げている。

彼らは尖（とが）った靴の先で柔らかな脇腹を蹴り上げ、一番折れやすい十二番と十一番の肋骨（ろっこつ）を痛めつけている。

あるいは、正確に口許（くちもと）を蹴り、ある少年は前歯を全部折られていた。

あっというまに、少年たちは血まみれになった。芋虫（いもむし）のように地面でもがいている。

彼らは、悲鳴を上げていたが、やがてそれがすすり泣きになり、今や、恐怖に駆られて号泣していた。まるで、幼児のようだった。それでも男たちは、表情ひとつ変えずに蹴りつけ、踏みつけている。

「そろそろいいだろう」

小淵沢が言った。それは、終わりの合図だと山崎は思い、ほっとした。

しかし、男たちは、一斉に少年たちの腕をひねりあげた。少年たちはパニックに陥り、小便を垂れ流し、泣いて許しを乞（こ）うた。

ヤクザたちは、淡々とした態度のまま、少年たちの肘（ひじ）を逆に折り曲げていった。不気味な音が次々と響いた。あるヤクザは、少年の前腕を地面のくぼみに押しつけ容赦なく足で踏みつけた。木の枝を折るような感じだった。

少年たちは悲鳴も上げられなかった。彼らは、ふしぎなことに唄うように長い声を上げていた。目と口を極限まで開き、天を見つめている。ある少年の目は完全に白目になっている。白目のまま細い声を上げ続けている。ズボンは小便でびしょびしょだった。

山崎は叫び出しそうだった。

小淵沢は薄笑いを浮かべて少年たちの様子を眺めている。仕事の出来栄えを点検する職人のようだ。

「さ、山崎さん。行きましょう」

小淵沢が、穏やかに言った。「報酬について話し合わなければなりません」

8

小淵沢は、山崎を百軒店の一角にあるスナックバーに連れていった。崩れた感じの女がふたりとバーテンダーがひとりいたが、小淵沢がうなずきかけると姿を消した。

店の中は小淵沢と山崎、そして先程の五人のヤクザ者だけになった。

山崎は、悪夢なら早く覚めてくれと思った。しかし、それが夢でないことはわかっていた。いったい、何が起きたのか、まだわからずにいた。

そして、これからどうなるのかわからない。そのことがたまらなく不安だった。

金で解決がつくのだろうか。山崎は、考えていた。だが、頭が痺れたようになって、考えがまとまらない。

「何か飲みますか？」

小淵沢が尋ねた。『バード』にいたときのような穏やかな口調だ。

山崎は首を横に振った。

「そうですか。私は一杯やらせてもらいますよ。おい、水割りをくれ」

五人のヤクザのうちのひとりが、グラスを運んできた。小淵沢は、一口飲んでゆっくり振り返った。

ヤクザに笑顔を向ける。次の瞬間、小淵沢はグラスの中身をヤクザに投げかけた。

小淵沢はいきなり立ち上がると、水割りを浴びたヤクザの顔を平手で張った。大きな音が響いた。

「私がバーボンを嫌いなことを知っているだろう?」

「あ……。バーボンとは知らずに……。あの、すいません」

「さっさと作りなおして来い」

ヤクザはあわててカウンターに戻った。山崎はすっかり度肝を抜かれてしまった。交渉の相手を怯えさせるためにヤクザがよく使う手だ。山崎も、不動産を扱っている関係でそのことは知っているつもりだった。

しかし、自分が当事者になってみると、事情は別だった。すっかり怯えてしまった。

「すみませんね。躾けが行き届いていなくて……」

小淵沢は穏やかに言った。

あれほど残忍に少年たちを痛めつけたヤクザたちがぺこぺこしている。小淵沢は実に効果的に、自分が大物であることを山崎に理解させたのだった。

山崎は、現実感が失われていくような気がしていた。風景が二次元的な感じがしてくる。離人症のような感じだった。

「そう固くならんでください」

小淵沢は言った。「『バード』のように楽しくやりましょう」

山崎はその声で現実に引き戻された。何か言わなければならないと思った。だが、声が出そうになかった。

「いやあ、やつらを見つけるのに苦労しましたよ。あそこにいる連中は、渋谷の街中で起きることはたいてい知っている。でも、最近のガキどもについちゃお手上げでね……。知ってますか？　渋谷の街でただたむろするためだけに、埼玉や多摩のほうからガキどもがやってくるんですよ」

山崎は、小淵沢の顔をじっと見ていた。

どうして、こいつはこんなに穏やかなしゃべり方ができるんだろう。少年たちは、皆腕を折られた。凄惨なリンチだった。その直後で、小淵沢は何もなかったように涼しい顔をしている。

「少なからず、金も使いました。情報の収集料というやつですか？　だから、私はそれ相当のことを期待しているのですがね……」

ああ、そうだったのか。警察……。

山崎は思った。

告訴を取り下げさせたのは、警察を排除するためだったのだ。

今頃気づいても後の祭りか……。

「だがね、山崎さん」

小淵沢は、山崎の肩に手を置いた。「私たちは友達だ。それに、もともとやつらを探し出そうと言い出したのは私のほうだ。だから、あなた個人から金をもらおうなんて思いませんよ」

山崎は警戒した。

「どうすればいいんだ?」

「ようやく口をきいてくれましたね」

小淵沢は穏やかな笑顔を見せた。「何ね、たいしたことじゃないんです。ちょっとね、銀行のほうでね」

山崎は、はっと小淵沢を見た。小淵沢は穏やかな表情のままだった。

「山崎さん。例の新宿のビルだが……。競売でなく任意売却にしていただけませんか」

山崎はしばらく小淵沢を見つめたままだった。何を言われたのかを理解するまで時間がかかった。

「任意売却に……」

ようやく小淵沢の目的がわかった。

小淵沢は、新宿のビルに短期賃借権を登記しようとしている。つまり、占有屋だ。抵当のビルに居座り、みどり銀行から立ち退き料をもぎ取ろうというのだ。

「そんなことはできない……」

「どうしてです? 私ら友達でしょう。友達のために骨を折るのはあたりまえだと、私は思いますがね。私はあなたのために骨を折った。何度も言うようだが、やつらを見つけるのはたいへんだったんですよ。あそこにいる連中が他の仕事をすべて放り出してかかりきりだったんです」

小淵沢はくくとおかしそうに笑った。「そして、実際にやつらの骨を折った」

「みすみす銀行の損になるとわかっていることをやるわけにはいかない」

「わかってないね。山崎さん。損などさせないよ。知ってるだろう。競売にかけるより、任意売却のほうが高く売れる」

「その差額を全部せしめようと考えているんだろう」

「そのあたりのことは、あなたの知ったことではない。もっと上の判断を仰ぐことになるでしょう」

「競売は銀行の方針だ」

「そう杓子定規になることはない。損はしない。おまけに早く処理できる。悪い話じゃない」

「任意売却にしたって、買い手がつくとは限らない」

「友達でしょう、山崎さん。私は無茶なことは言いませんよ。買い手は私が紹介しましょう」

やつらの手口はわかっていた。紹介する買い手というのも暴力団かその息のかかった連中だ。

銀行は金さえもらえれば相手を選ばない。そうやって暴力団との深い関わりが出来ていくのだ。

「だめだ。私には上司を説得することはできない」

「やってもらいますよ」

小淵沢は、軽い調子で言った。「私はあなたのために誠意を尽くした。私たちに借りを残すと面倒ですよ」

「勘弁してくれ。私にはできない。私にそんな力はないんだ」

「私の言うとおりにやってくれればいいんです。難しいことはありませんよ」

「しかし……」

「山崎さん。あなた、何か勘違いしてませんか？」

「え……？」

「あなたは断れないんですよ。断るとまずいことになる」

山崎は小淵沢が言っていることがわからなかった。

「あなたは告訴を取り下げた。そうしたら、あなたが告訴していた相手の少年たちが怪我をした。警察はどう思うでしょうね？」

山崎は口をだらしなく開けていることに自分で気づいていなかった。

「ねえ、山崎さん。私ら、そいつをかぶろうって言ってるんだ。そう。おわかりのように私ら極道です。そういう汚れたことを引き受けるのには慣れています。あのガキどもがちょっとばかり生意気だった。だから、大人の世界を教えてやった。私らなら、警察にそう言うだけで済むんです。でも、あなたが警察に呼ばれたら、銀行はどう思いますかね

「……?」

「あ……」

「もうひとつだけ、判断材料をさしあげましょう」

「判断材料?」

「そう。小出由香里です」

山崎は再び、目と口を開けたまま小淵沢を見つめていた。

「あなたと小出由香里の関係が公になったら、奥さんとの間だけでなく、銀行での立場もかなり危なくなるんじゃないですか?」

絶望という言葉は知っていた。

だが、それを実感したことはあまりない。そして、これほどの絶望は生まれて初めてだった。

山崎はもう逃げられないと悟った。


朝、席に着いたとたんに電話が鳴り、安積はあまりいい気分ではなかった。

朝早くの電話と夜遅くの電話は、悪い知らせに決まっている。

「よう、安積さんかい」

相手が言った。誰かはすぐにわかった。渋谷署の小倉警部補だった。「例のオヤジ狩りだが、どんな具合だ?」

「被害者が告訴を取り下げた。だが、検察は、反復性が高いと判断して継続して捜査するようにと言ってきた。タクという少年を探している」

「病院？」

「病院にいるよ」

「土曜日に青山病院に担ぎ込まれたんだ。仲間といっしょにな」

今日は月曜日。日曜日を挟んでいるが、朝一番で知らせが来た。遅くはない。予想に反して悪い電話ではなかった。

「喧嘩ですか？」

「外勤の警官によると、手ひどく痛めつけられているらしい。だが、ガキ同士の喧嘩じゃないようだ。得物を使っていない。相手はプロだな」

「暴力団ということか？」

「俺はそう思う」

「知らせてくれて、礼を言うよ」

「言っただろう。何かわかったら、こっちから電話するって」

電話が切れた。

安積は、小倉を疑ったことを後悔した。刑事は仲間までも疑う癖がついてしまうのだろうか……。

すでに桜井が来ていた。次にやってきたのは黒木だった。その直後に村雨が胃の痛みでもこらえているような顔つきで入ってきた。最後に須田がよたよたと駆けるように入ってきた。

「須田。渋谷署から連絡があってな。タクらしい少年が青山病院に収容されている。行ってくれ」

須田は、ようやく腰を下ろし一息ついたところだった。だが、文句など言わずに椅子をがしゃがしゃいわせて立ち上がった。

「青山病院……」

須田が言った。「何で入院してるんです?」

「喧嘩らしい。仲間もいっしょだ。とにかく様子を見てきてくれ」

「わかりました」

いつものように、須田がよたよたと出口に向かい、きびきびとした黒木がその後に続いた。

「手ひどくやられたようですね」

医者が言った。須田は、まず医者に容体を尋ねたのだ。

「やられた……?」

「私の印象だと、喧嘩というよりリンチですね」

「傷からそんなことがわかるんですか?」

「全員、腕を折られています。五人のうち、四人は肘関節を、あとの一人は前腕の尺骨と橈骨を……。全身に打撲がありますし、特に脇腹と顔面を集中的にやられています」

須田にも、それがどんなものか理解できた。須田はうなずくと、言った。

「傷は何でやられたんです？」

「靴でしょうね」

須田はこの言葉も理解した。

「今、会えますか？」

「傷は問題ありません。鎮静剤でしばらく眠っていましたが、今は起きています。ですが、話を聞けるかどうか……」

「鎮静剤……？」

「精神的にひどくショックを受けたようでした」

「先生のおっしゃるとおり、喧嘩などではないですね」

医者はちょっと首を傾けて見せた。

「それを判断するのは、私の役目ではありませんよ、刑事さん」

「とにかく、会ってみたいのですが……」

「こっちです。どうぞ」

医者は廊下を進んでいった。

「被害者と加害者が同じ病院にね……」

須田がつぶやいた。

「ここ、救急病院ですし、このあたりで一番大きいですからね。渋谷あたりで何かあったら、すぐにここに運ばれます」

「それにしても、被害者と加害者の両方が怪我をして病院に運ばれるなんて……。渋谷ってどうなっちまったんだろうね」

黒木は肩をすくめただけで何も言わなかった。

五人は、普通病棟のベッドに寝かされていた。空きベッドの都合で、五人は三人と二人に分けられていた。

二人のほうにタクがいた。

「タクと呼ばれてるのは、君か？」

須田が尋ねた。

タクは、奇妙な眼で須田を見た。怯えと憎しみが同居している。怪我をした犬の眼だった。

無言で須田を見ている。

顔はひどく腫(は)れていた。片方の眼が半ばふさがっている。唇は切れて腫れ上がっていた。眼のまわりに黒いあざが出来はじめている。顔面を殴られると、その鬱血(うっけつ)は眼のまわりに集まる。

「君がタクだね？」

須田はもう一度尋ねた。

「何だよ、あんた……」

不明瞭なしゃべり方だ。怪我をしたせいか、もともとそうなのか須田にはわからなかった。

「神南署の須田。こちらは黒木」

須田は警察手帳を出して見せた。タクは、ふてくされたように眼をそらした。

「ひどくやられたようだね。どうして、こんなことになったんだ?」

「知らねえよ」

「そうか」

須田は溜め息まじりに言った。「名前を聞かせてくれるか?」

「担ぎ込まれるとき、病院のやつに言ったよ」

「君から直接聞く必要があるんだ」

やはりふてくされたようにそっぽを向いている。

「別に名前を言ったからといって、君が不利になることはないんだよ」

ためらった後に、タクは言った。

「高間卓……」

「どういう字を書くんだ?」

「高い低いの高いに間。卓は卓上の卓」

「誰にやられたんだ？」

「知らねえよ」

「相手は素人じゃないね？」

「そうかもね」

タクは、ほんのちょっと機嫌がよくなった。彼らにとっては、武勇伝のひとつなのだ。

須田はうなずいた。

「どこの組のやつかわかるか？」

「わからねえよ。俺たち、ヤー公との付き合いはないんだよ」

「付き合いはないのにどうしてこんな目に遭ったんだ？」

「目立ったからじゃねえの？」

「君は五人組のリーダーなんだね？」

「リーダー？　ああ、まあそうかな」

「君らを痛めつけた相手に心当たりはないんだね？」

「うるせえな。知らねえって言ってるだろう。街中でのちょっとしたいざこざだよ。世間話をしに来たんなら、帰ってくれよ」

須田はもう一度溜め息をついた。

「世間話じゃないんだ。三週間前の水曜日の話だ」

「三週間前の水曜日？」

「夜の十一時頃、どこで何をしていた？」

「覚えてねえよ」

「思い出してもらうよ」

「思い出せねえよ。俺、計画的に行動してるわけじゃねえからな」

「思い出そうと努力してみてくれないか」

「うるせえっつってんだろう」

「君は、児童会館脇の公園で山崎という銀行員を捕まえた。そして、暴行を加えた上に金を奪った。そうだね」

「何だよ、それ……」

「そうだね？」

タクは、表情を変えまいと努力している。それが須田には手に取るようにわかった。

「俺は、ぼこぼこにやられてこうしてベッドに横たわっている。それだけだ。なのに突然やってきてごちゃごちゃ言う。ふざけんなよ。銀行員だって？　知らねえよ」

「向こうでは覚えているだろうね」

タクは無言で須田を見つめた。須田は黒木にうなずきかけて廊下に出た。

「勝負ありですね。須田チョウ」

黒木が言った。

「ああ……。俺は他の少年にも話を聞いてみる。逮捕状を取ってもらうようにチョウさんに言ってくれないか」
黒木は公衆電話のところへきびきびと急ぎ足で向かった。
須田は別の病室に向かった。
それにしても……。
須田は思った。
告訴を取り下げてしばらくしたら、加害者がリンチに遭った……。
その点は見過ごしにはできないな……。

少年犯罪は全件送致主義というのが慣例で、すべて家庭裁判所に送られる。刑事処分が必要かどうかも家庭裁判所で判断される。

少年法の四一条では、「司法警察員は、少年の被疑事件について捜査を遂げた結果、罰金以下の刑にあたる犯罪の嫌疑があるものと思料するときは、これを家庭裁判所に送致しなければならない」と定められている。

しかし、罰金以下の刑にあたる犯罪という点が微妙で、実際はほとんどすべての事件を家庭裁判所に送りつける。

家庭裁判所では、死刑、懲役または禁錮(きんこ)にあたる罪に関し刑事処分が適当と判断した場合は、検察に送致する。

というわけで、逮捕されたタクたち五人は、退院を待って家庭裁判所に送られた。

これで事件は安積たちの手を離れた。

村雨と桜井は放火の件の捜査をしている。安積はそちらも気にしなければならなかった。

事件は次々と起きる。

コンビニ強盗が起き、須田と黒木が現場に駆けつけた。犯人は緊急配備に引っかかってほどなく逮捕されたが、その間に外国人と日本人グループの喧嘩騒ぎがあった。

竹下通りでビラまきをしていた黒人が日本人の若者グループといさかいを始めた。少年グループの連れの女の子に、黒人がちょっかいを出したというのだ。

騒ぎが起こると、黒人の友人がすぐに二人駆けつけてきた。騒ぎはすぐに収まったが、殴られた黒人が興奮していて訴えると言ってきかないのだ。アメリカ人は告訴好きだ。須田と黒木がなだめに行った。実績としてカウントされない仕事だ。

それでも刑事は呼ばれれば駆けつけなければならない。

警察官は無愛想だと言われることが多いが、それは実績に結びつかない雑務があまりに多いからではないだろうか。そう安積は考えていた。売り上げに結びつかない接待ばかりやらされる営業マンはいつまで愛想よくしていられるだろう……。

タクの一件は、過ぎ去っていった幾多の事件のひとつに過ぎなかった。須田も黒木もすでにタクのことは片づいたと考えているだろう。処分は家庭裁判所が決める。悪戯に毛が生えたようなものだ。傷害だ恐喝だといっても、実際はエネルギーの有り余った子供の暴走でしかない。

家庭裁判所の判断は予想がついた。保護処分も必要ないだろう。判事に説教を食らって放免だ。余罪があるかどうかはわからないが、形の上では初犯だ。

タクは無職の少年だった。実家は川越（かわごえ）にあるが、都内の安アパートで独り暮らしをしている。

アルバイトを転々とし、金がなくなったらまたアルバイトを探す。そういう生活だ。

他の四人は高校生だった。タクの年齢は、十八歳。他の四人の兄貴格だ。街の中では頼りになる兄貴分だったのだろう。

たしかにタクは腹がすわっていると須田が言っていた。

須田は病院ではタク以外の少年からろくに話も聞けなかった。彼らは精神的なショックでまともにうけこたえできる状態ではなかったのだ。

タクだけは違っていた。彼はしたたかで頭がいい。滅多なことでは弱みを見せないし、身の振り方を計算しているように見える。それが須田の印象だった。

須田の直観はばかにはできない。

だが、今となってはもう関係ない。安積は忙しさに紛れ、タクのことなど忘れかけていた。

そして、殺人事件が起きた。

タクが家庭裁判所に送られてから、一カ月ほどたった土曜日の夜のことだった。

原宿に銃声が轟(とどろ)いた。

もっとも、それが銃声だと気づいた人はそれほど多くはなかった。

問題はその音が、代々木公園のほうから聞こえてきたということだ。不審に思った人からの一一〇番があり、地域係の外勤警官が駆けつけた。

渋谷署、原宿署そして神南署の警官が二人ずつ代々木公園にやってきた。彼らは手分けして広い公園内を捜索した。

そして、神南署の警察官が死体を見つけた。警官たちは署外活動系の無線で即座に署に連絡をした。

署外活動系は、各警察署に割り当てられた周波数だ。神南署からすぐに本庁の通信指令室に連絡が入る。

通信指令室から機動捜査隊に連絡が入る。そして、神南署からは、強行犯係に呼び出しがかけられた。

渋谷署と原宿署は、この時点で神南署に後れをとった。地図の上でも、現場は神南署管内だった。

代々木公園の原宿駅寄りのあたりで、もう少し北に寄れば原宿署の管内だった。現場は、代々木公園の中を横切る原宿署と神南署の境界のこちら側だったのだ。

安積はまさにベッドに入ろうとしていたところだった。当直の刑事から電話が入り、すぐさま出かける用意をしなければならなかった。

さっき脱いだばかりのワイシャツを着て、すでに線の消えかかったズボンを穿く。ワイシャツはクリーニングに出そうと思っていた。

ネクタイもよれよれ。髪に櫛（くし）を入れる間もなく安積はマンションを出た。

安積が現場に着くと、すでに桜井が来ていた。彼は、現場の様子を見ている。

機動捜査隊が初動捜査を取り仕切り、駆けつけた神南署の鑑識係と協力して現場の保存につとめている。

ほどなく黒木が到着する。彼は、地下鉄千代田線の代々木公園駅側の入り口からの約六百メートルの距離をずっと駆けてきたようだ。

息を弾ませているがまったく苦しそうではなかった。

安積はその体力を一瞬うらやんだ。次にやってきたのは須田で、村雨が最後だった。村雨の家が都心から一番遠かった。

安積は桜井に話を聞いていた。

「死体を発見したのは、神南署の外勤です。銃声のような音が聞こえたという一一〇番通報があり、うちの署、渋谷署、原宿署それぞれの派出所から地域係が駆けつけました」

「それで、うちの署員が死体を見つけたっていうのか」

村雨が言った。「なんてこった。とんだお手柄だ」

「渋谷署の警官が見つけていたら、今頃、俺たちベッドの中ですかね」

須田が村雨に言った。

「いや、事実お手柄だよ」

安積は周囲を見回して言った。「たぶんこのあたりは、神南署の管内だ。どうせ引っ張り出されるんだ」

「なるほど……」

村雨はうんざりとした表情で言った。「真っ先に駆けつけていて正解だというわけですね。あとで他の署の連中に恩きせがましいことを言われずに済む」

「そういうことだ」

実はそうじゃない。私の管内（ニワ）で起きた事件をよその署の連中がわがもの顔で嗅（か）ぎまわるのは我慢できない。

安積は、桜井に先をうながした。

「各署二人ずつ、計六名の警官で捜索し、あそこの芝生で倒れている被害者に気づいたのです。凶器は拳銃（けんじゅう）。至近距離から撃たれています。弾は背中から入って胸に抜けたようですね。胸の中央、胸骨の左脇にすり鉢状の穴が見えるそうです。凶器はまだ見つかっていません」

安積は桜井の報告に満足した。

「身元は？」

「今、機動捜査隊が所持品を調べています。ぼちぼち何かわかる頃でしょう」

「わかった。仏さんを拝むとしようか」

安積は言って歩き出した。

紺色の出動服の連中が、チョークで線を引いたり、メジャーで距離を測ったり、写真を撮ったりしている。そのストロボがときおり瞬く。

その間を縫うように、クリップボードを持ち、耳に受令機のイヤホンを差し込んだ機動捜査隊の連中が歩き回っている。

誰もうろたえてなどいない。皆自分のやるべきことがわかっている。プロの集団だった。

「神南署の安積です」

死体を見下ろしていた機動捜査隊員の後ろから声をかけた。

振り返った機動捜査隊員に見覚えがあるような気がした。

「班長の名護だ。安積さんか、久しぶりだな」

くだけた口調だった。

「どこで会ったかね?」

「安積さんがベイエリア分署にいる頃だ。クラブだかライブハウスだかの七階からガイシャが突き落とされたときに……」

思い出した。

「そうだったか……」

それ以上の言葉を思いつかなかった。「で、身元は?」

「免許証なし。クレジットカードなし。名刺なし。財布に現金が四十万円ほど。ロレックスの宝石入りの時計。二十万もしそうな高級なスーツ。色は黒だ。何者だと思う?」

「暴力団員か……」

「たぶん、渋谷署のマル暴なら知っている顔じゃないかな。ガイシャが乗っていたらしい車が見当たらない。ということは、事務所か自宅が近くにあるということだろう」

「タクシーか電車を使ったのかもしれない……」

「これくらい羽振りのよさそうな極道は、そんなことしないよ」

安積にもそれはわかっていた。

「渋谷署にはもう連絡が行っているのかな?」

「さあな。通信指令室と本庁(ホンブ)の捜査一課の判断だな。まだ現れないということは、神南署だけに任せる気かもしれない」

「とにかく、仏さんを拝ませてもらおう」

「どうぞ」

機動捜査隊の名護は場所を空けた。すでに神南署の面々は白い手袋をはめている。常夜灯の明かりを受けてその手袋だけが薄暗がりに浮かび上がっているように見えた。

原宿駅のほうに抜ける遊歩道の左手に公衆便所が二ヵ所ある。死体はその向かい側、遊歩道の右手に倒れていた。

上半身が芝生に倒れ込んでいる。両足が歩道の脇の灌木(かんぼく)の茂みに乗っかっていた。うつ伏せで万歳(ばんざい)をしたような腕の恰好だった。

後ろから撃たれたということだから、そのまま倒れたのだろう。

狙(ねら)ったのか偶然か、弾は背中から入り、心臓の周囲をずたずたにして胸から抜けた。

ほとんど即死だったに違いない。茂みと芝生が血で濡れて常夜灯の淡い光を反射している。

顔面が半ば芝生の中に埋まっていた。チョークで印がつけられないので、死体の周囲に白いテープが張りめぐらせてあった。

「写真は撮ったのか？」

安積は名護に尋ねた。

「撮った。あとは、運び出すだけだ」

安積はうなずいて、村雨に言った。

「手を貸してくれ」

安積と村雨は、死体を仰向(あおむ)けにした。胸にぽっかりと大きな穴があいている。その周囲のシャツはずたずたで、血の大きな染みが出来ていた。

死体を引っ繰り返すとき、びちゃっという濡れた音がした。血溜まりのせいだった。

村雨が懐中電灯で顔を照らした。

目を見開いている。黒目が上方を向いており、ほとんどが白目だった。

口が開き、ぽってりと力を失った舌が見えている。瞳孔(どうこう)が開ききっているせいで、目は不気味な感じがした。

死の瞬間に垂れ流した糞尿(ふんにょう)の臭いがきつかった。殺人現場の臭いだ。糞尿と血液の甘ったるい臭いが入り混じっている。

この現場でそれを気にしている者はいない。

安積は村雨に尋ねた。

「知っている顔か?」

「いや、何せ、私らこのあたりじゃ新参者ですからね……」

「やはり、渋谷署の応援を仰がないといけないようだな」

あとの面々も被害者の顔を覗き込んでいた。被害者を知っている刑事は神南署にはいなかった。

安積は、死体全体を眺めて何か気になることがないか考えてみた。すでにここに来るまでに、周囲の地形や状況を観察していた。

それが習慣になっている。

刑事というのは、全体から部分へ、外側から内側へと観察する癖がついている。服装に不自然な点はない。

ヤクザ者にしてはごくおとなしい服装と言える。髪形もおとなしい。おそらく生きているときは、ヤクザ者とは気づかれないような風貌だったに違いない。

「一一〇番通報があったのは、何時だ?」

安積は名護に尋ねた。

「ええっと……。十二時頃だな。通信指令室には正確な記録が残っているだろうが。死体の発見が、それから約二十分後……」

安積は時計を見た。

「今、一時過ぎか……。犯人がまだ公園内に潜んでいる可能性があるな。人をかき集めて捜索しよう」

村雨がうなずいて、段取りをするために歩き去った。

「それから、公園出口付近の聞き込みだ。何か目撃していた者がいるかもしれない」

「仏はどうする?」

名護が尋ねた。

「もういい。解剖に回してくれ」

変死体が出て犯罪性が明らかでない場合は、警察官が検視をすることになる。犯罪性が明らかになった時点で解剖に回される。

検視というのは、死体の犯罪性を調べることで、本来は医師の立ち会いのもとに検察官が行うことになっている。しかし、実際は、通常、警察官がやる。

各警察本部には、検視のために刑事調査官を用意している。捜査経験が十年以上の警視かそれ以上が担当する。

検視は、あくまでも犯罪性を調査することなので、犯罪性が明らかな死体に関しては行う必要がない。

黒木と桜井は聞き込みに回り、須田と安積が周辺の捜査を始めた。

そこに本庁捜査一課の刑事が六名到着した。安積はちょっとうんざりとした気分になった。

(よりによって、相楽(さがら)の班とはな……)

相楽啓班長は、安積よりいくつか年下だが、階級は同じ警部補だ。かつて捜査本部でいっしょになったことがある。頭の固い男で、なぜか安積に対抗意識を燃やすのだった。

「やあ、安積さん」

相楽は相変わらず挑むような目つきで言った。「どんな具合だね？」

安積は、これまでの状況を詳しく伝えた。相楽はうなずき、きびきびと自分の班の刑事たちに命令した。

刑事たちは、聞き込みと公園内の捜索をする組に分かれ散っていった。

「ヤクザ者同士の抗争かな？」

相楽は言った。

「予断は禁物です。まだ何とも言えませんね」

安積は慎重に言った。へたに相楽の感情を刺激したくない。

刑事たちはたいてい、強い共同体意識を持っており、現場では常に相手の立場を尊重し協力し合う。だが、この相楽はそうではないようだった。

そういう意味で特別な刑事かもしれない。おそらく人一倍出世願望が強いのだろう。

多くの刑事は出世をそれほど望んでいない。警察内部では刑事というだけで出世コースから外れていると見なされる。

だから、刑事は出世以外の生き甲斐を見つける。捜査にかける情熱はそこから生まれることが多い。

だが、この相楽は……。

離れたところから、誰かが叫んでいた。

「凶器、出たぞ」

紺色の略帽に出動服姿の警官が、ボールペンをトリガーガードに差し込み、拳銃をぶら下げていた。

安積はそちらに小走りに近づいた。

リボルバーだった。三八口径。安物の改造拳銃などではない。ステンレスフィニッシュのスミスアンドウェッソンだった。

「いい銃ですね、これ……」

須田が言った。

いい銃？　そいつはどういう価値判断なんだろう……。

「持ち帰って、前科（マエ）を調べてくれ」

安積は、鑑識係員に言った。

「帳場は、神南署に開くことになるな」

相楽が安積に言った。神南署に捜査本部を設置するという意味だ。

「ええ」

安積は言った。「渋谷署と原宿署の協力も必要です」

「おいおい、神南署だけじゃ心もとないってのか？」

「うちのマル暴は、まだ売り出し中でしてね。地域の暴力団に詳しい人間が必要です」

「私も出張ることになるよ」

安積は一瞬、間を置いてから言った。

「よろしく頼みます」

「係長！」

原宿駅の方角から安積を呼ぶ声が聞こえた。桜井だった。彼は若い男を連れている。桜井は興奮に目を輝かせている。何かをつかんだ顔だ。

まさか、容疑者をとっ捕まえてきたんじゃあるまいな……。

「どうした？」

「この人、原宿駅の近くに車を止めて、友達とおしゃべりをしていたらしいんですがね……」

若い男。二十歳になるかならないかだ。週末に友人とつるんで車を走らせることを楽しみにしている類の若者に見えた。

桜井は男をうながした。若者は、くだけた態度でしゃべりはじめた。

「これから、ひとっ走りしようって、仲間と相談してたんだけどさ。どっかで女の子、めっけて湘南あたりまで走ろうか、なんてね……。そうしたら、バーンて音がして……。公園のほうからね……。バックファイアかと思ったんだ。そしたら、やつがものすごい勢いで公園のほうから走ってきて……」

「やつ？」

　安積は尋ねた。「知っている人物なのか？」

「ああ。間違いない。けっこう顔売れているやつだからな。タクっていうんだ。チームのヘッドだよ」

10

月曜日の神南署は、朝から慌ただしい雰囲気だった。一番大きな会議室を『代々木公園殺人事件』の捜査本部に当てるため、総務課の連中が奮闘していた。

机と椅子を並べ替え、不足した分を他の部屋から運び込む。専用の電話を引き、署員を割り当てるための表を作った。捜査本部は、三十人態勢でスタートすることになっていた。

捜査本部は、捜査員だけで機能するわけではない。捜査費用を管理する会計係も必要だし、連絡係も重要だ。

そして、炊き出しの係が意外と大切なのだ。それらは、神南署の署員の役割だった。当然、刑事課以外から引っ張ってくることになる。

総務課はその、人のやり繰りにも頭を悩ませていた。

午後になって、捜査本部のメンバーが集合した。

署内は活気づいた。殺気だっていると言ってもいい。捜査本部に直接関係のない署員も心なしか興奮しているように見える。

気分が高揚しているのは警察官だけではなかった。神南署を担当している記者たちも、いつもとは違う雰囲気だった。

東報新聞の山口友紀子記者もたしかにその雰囲気を感じ取っていた。

（暇ネタにはうんざりしていたところよ）

彼女は思った。

（あたしだって、埋め草だけ書いて満足しているわけじゃないんですからね）

社会部の事件記者にとって夜討ち朝駆けは常識だ。しかし、神南署に詰めている連中にはそうした覇気というものが感じられなかった。

記者たちが悪いわけではない。署によって集まる記者たちの雰囲気も変わってくる。凶悪事件の多い署では、記者もそれなりに緊張している。

非公式のネタを拾うために、記者は刑事に張りつく。深夜に帰宅を待って自宅の前に詰めたり、刑事の姿を捜し求めて、酒場を回ったりする。

神南署にはこれまでそういう雰囲気がなかった。この界隈の事件は、たいてい渋谷署に捜査本部が置かれた。

渋谷署は大所帯だ。それだけ人員の都合がつけやすい。総務も捜査本部開設に慣れている。

（神南署はこれからよ）

山口友紀子記者は思った。彼女は、刑事を選んで張りつくことにした。神南署へ詰めるようになって初めて事件記者らしい仕事ができる。

彼女が選んだ刑事は、安積係長だった。

本庁からは、刑事部長が、総勢十六人を引き連れてやってきた。理事官と相楽の班十五人だ。警視庁捜査一課では、約十五人で一つの班を作っている。警部が一人に警部補が二人。そのほか部長刑事と巡査および巡査長の刑事が同数いる。

渋谷署と原宿署からそれぞれ捜査員が五名来ていた。

神南署からは署長と刑事課長、そして、安積たち強行犯係が参加していた。捜査本部では、捜査員として刑事以外の警察官を駆り出すことがある。

『代々木公園殺人事件捜査本部』でもそうした措置が取られていた。

安積の隣で、速水が仏頂面をしていた。陣頭指揮をとるのが本庁の刑事部長。つまりこの捜査本部の本部長だ。

本部長を中心に、本部の体制が発表になっていた。

速水はそっと安積に言った。

「おい、デカ長。俺が交通課で暇を持て余していると思ったら大間違いだぞ」

「おまえさんを呼んだのは私じゃない。課長だ」

「俺はデカの真似事なんぞ真っ平だ」

「私だっておまえの運転するパトカーに乗るのは真っ平だ」

「なんだって俺を引っ張った？」

「実績があるからだろう？」

「高校生のコンピューターマニアをとっ捕まえたときのことを言ってるのか？」

「それに、今回も少年が絡んでいる。おまえさんは私なんかより、少年たちの扱いかたがうまい」

「チンピラに情けをかけないだけだ。おまえだってすぐに覚えるさ」

「どうかな……」

「感傷的になるのは須田に任せておけよ」

安積はこたえなかった。速水はそれきり口をつぐんだ。

速水の他に、神南署マル暴の若い刑事が二名参加している。

捜査本部の陣営が決まっていた。

本部長は本庁刑事部長。副本部長が神南署署長だった。

規定では本部長が本部捜査主任となり捜査指揮に当たることになっている。しかし、実際には、刑事部長や署長が捜査本部に常駐できるわけではないので、捜査主任を別に立てるのが普通だ。

捜査主任は、本庁から来た理事官が務めることになっていた。池谷(いけたに)という名の警視だ。年齢は五十歳くらい。ロマンスグレーの切れそうな刑事だ。

本庁から来た捜査主任を補佐するのは、所轄署の役割だ。したがって、副主任に神南署の金子課長が任命されていた。

捜査本部の実働部隊は、捜査班、庶務班、予備班、鑑識班に分けられた。

庶務班には、神南署の内勤警官二名が当たった。予備班というのは、幹部を助けるベテランのことで、通常二名ほどで構成される。今回は、渋谷署と原宿署の強行犯係長が務めることになった。渋谷署の係長は、小倉正（ただし）警部補だ。安積が毎朝電話を掛けた相手だ。

鑑識班は、神南署の鑑識係がそのまま当たる。

主体の捜査班は、さらに、地取り、鑑取り、遺留品、手口の班に分けられた。金品が強奪されていたような場合は、ぞう品という班も作られる。ぞう品というのは、盗まれた物が売られた先や入質された先を洗うことだ。今回は、ぞう品の班は特に作られなかった。

地取りというのは現場付近の聞き込みなど、鑑取りというのは被害者の人間関係を洗い出すことだ。手口の班は、内勤の警察官に任されることになった。手口の捜査というのは、資料の検索が主な仕事になる。

捜査班は、二人一組で行動する。本庁の捜査員と所轄の捜査員を組ませることが多い。所轄の捜査員に地の利があるからだ。

普段組んでいる須田・黒木組、村雨・桜井組もばらばらにされ、本庁の刑事と組まされていた。

安積は速水と組むことにしていた。

速水は捜査畑の人間ではない。誰かが手助けしなければならない。安積が組む相手を決めるくらいの自由はあるはずだった。

それについて、さっそく相楽が食いついてきた。

「安積さんは、私と組むべきじゃないかね？」

真っ平だ、と安積は思った。

「速水は、交通課から引っ張ってこられて戸惑っているはずです。私がフォローすべきでしょう」

「ならば、捜査班ではなくて、他にやることがあるだろう」

「今回、彼の情報源はおろそかにはできませんよ」

速水がにやりと笑って言った。

「都内の暴走族は、俺に一目置いているんでね」

相楽は一瞬、何を言われたかわからないというように、眉をひそめた。

毒気に当てられたように彼はそれきり何も言わなかった。どうせ、たいした根拠があって発言しているわけではない。

安積に対してひとこと言わずにはいられないのだ。

班分けが終わったところで、状況の説明に入った。管轄の課長であり、捜査本部の副主任である金子課長が説明をした。

すでに、安積は詳しく金子課長に報告をしていた。だが、概略を説明したところで金子課長は、安積に詳しい説明を求めた。

「みんながおまえに何かをさせたがっている……」

速水が面白がっている様子でそっと言った。

安積はしかめっ面をしただけで何もこたえず、手もとの資料を広げた。

金子課長の説明を補足するように事件の詳細を時間を追って述べた。タクが現場付近で目撃されたことを説明し、その少年がオヤジ狩りで一ヵ月ほど前に家裁送りになっていることを付け加えると、捜査本部全体が反応した。

「それで、被害者の身元はまだわかっていないんだね？」

捜査主任の池谷理事官が尋ねた。

「はい」

安積は言った。「今、前科者のリストを洗っています。渋谷署の暴力団担当にも協力を仰ぎたいと考えています」

理事官は、渋谷署の連中がいるほうを見た。渋谷署の小倉係長が被害者の写真を見ながら言った。

「訊いてみましょう。何なら、明日からマル暴を一人連れてきてもいい」

池谷理事官はうなずいた。

「それがいいだろう。死因は、銃で撃たれたことなんだね？」

安積がこたえた。

「そうです。ほぼ即死だったと考えられます。地域係が発見したときは、すでに死んでいましたから。現場の様子から見て、一一〇番通報の銃声が、殺害したときのものであることはほぼ間違いありません」

「それで、現場から逃走した少年が容疑者と考えていいのだろうか？」

「可能性は強いですが、断定はできないと思います」

池谷理事官は、思案顔になった。

「もし、その少年が犯人だとしたら、被害者との関係はどういうものが考えられる?」

「これからの捜査を待ちたいと思います」

「タクという少年について、もっと詳しく説明してくれ」

安積は、山崎の事件を説明した。

タクの本名が、高間卓であること、実家は川越にあり、都内のアパートで独り暮らしをしていること、定職を持たず、アルバイトのその日暮らしであること。仲間を集めて、街中でチームと呼ばれるグループを作っていることなどを説明した。

「彼らのグループが、何者かに怪我をさせられたところを発見したのは、渋谷署の地域係です」

「怪我を……?」

渋谷署の小倉係長がうなずいた。

「全員、殴る蹴るの暴行を受けた上に、きっちりと腕を折られていました。全員測ったように全治二ヵ月の怪我ですよ。相手は極道ですね」

「なるほど……」

池谷理事官は、捜査本部長である本庁刑事部長の顔を見た。刑事部長は言った。

「意趣返しかね……」

理事官は驚いたように言った。

「拳銃でですか?」

「昨今の若者は何をやるかわからんよ」

刑事部長は言った。「拳銃だって街中にはあふれているんだ。その気になれば誰にだって手に入る可能性はある。その高間卓という少年は、いわゆる不良少年なのだろう?」

小倉係長がこたえた。

「まあ、そういったものですね。昔の不良とはちょっと違っているようですけどね」

「街のチンピラとヤクザ者のいざこざは、昔からよくあったことだ」

刑事部長は言った。

「しかし……」

小倉係長が言った。「ヤクザが殺されることなんて滅多にありません」

「滅多にないことが起きたとしても、不思議ではあるまい」

小倉係長は何も言わなかった。

安積は、自分の発言の役割は終わったと考え、椅子の背もたれに体をあずけた。ふと、彼は須田の横顔を見て、その表情が気になった。

須田は、むっつりと仏像のような顔つきをしている。何かを考えているときの表情だ。

安積は、須田が何を考えているのか気になった。

「いいだろう」

捜査主任の池谷理事官が言った。「今のところ、最大の手掛かりはその高間卓という少年だ。足取りを追ってくれ。そして、被害者の身元がわかり次第、鑑取りに力を入れて、両者に何らかの関係がないかを洗い出す。さあ、すぐに掛かってくれ」

捜査員たちは担当ごとに集まり、役割を決めた。安積は、現場付近の聞き込みに回ることになっていた。同じ班に、須田がいる。

役割を与えられた捜査員たちは順次本部を出ていった。

安積は須田に尋ねた。

「何を考えている?」

「え……?」

須田は虚を衝かれて目を丸くした。

「何か、気になることでもあるのか?」

速水が横から口を出した。

「夕飯をどこで食ったらいいか悩んでいるのか?」

「やだなあ……」

須田はにたにたと笑った。「俺、見かけほど食わないんですよ。チョウさんの言うとおり、ちょっと引っかかることがあるんですが……」

「何だ」

「タク……、高間卓たちが怪我をしたでしょう? あれ、山崎さんが告訴を取り下げたあとですよね。そのへんがどうも……」

「実はな、俺もそのあたりが気になってはいたんだが……」

「何だ？」

速水が言った。「どういうことなのか説明してくれ」

安積は詳しく話した。

「なんだそりゃあ」

速水は話を聞きおわると言った。「銀行員がヤクザに頼んで復讐したとでも言うのか？」

「どうかな……」

「たしかに銀行なんてところは、裏でヤクザとつるんでいたりしても不思議はない。だけど、それだけに、ヤクザの怖さを知っているはずだ。ヤクザに借りを作ったらどういうことになるかくらい、わかってるはずだ」

安積は速水の言葉を頭の中で検討していた。須田も考えている。

「まあ、速水が言うことももっともだ」

安積は言った。「とにかく今は、高間卓を見つけることだ。さ、出かけよう」

捜査本部を出たところで名前を呼ばれた。女性の声だったので不用意に振り向いてしまった。

「安積係長、これからどちらにお出かけですか？」

東報新聞の山口友紀子記者だった。

捜査本部の外には、記者たちが待ち受けている。へたに眼を合わせたりしたら、しつこくつきまとわれるのはわかっていた。

安積は眼をそらし、その場をあとにしようとした。

「容疑者の目星はついてるんですか?」

こたえない。

「殺されたのは暴力団員だということですが、身元はわかりました?」

無言。

「暴力団同士の抗争ですか」

安積はついに口を開いた。

「会見で発表したこと以外はまだわかっていない」

「これから、どちらへ?」

山口友紀子記者は質問を繰り返した。

「そういうことは話せない」

「聞き込みですか?」

「まあ、そういったところだ」

階段のところまで来た。

安積は足早に階段を降りた。山口友紀子記者は追って来なかった。

「うらやましいな、デカ長」

　速水が言った。

「何がだ？」

「あの記者は署内でも評判だ。美人でスタイルがいい」

「いい記事を書くのに、美人である必要もスタイルがいい必要もない」

「ところがそうじゃない。美人には男の警戒が緩む。記者ってのはそういうところにつけ込んでくるんだろう？」

「何が言いたい？」

「いや、おまえはもてるな、と思ってな」

「彼女は、仕事で私に話しかけているだけだ」

「だが、どうせなら、ああいう美しい女性にまとわりつかれたいものだ」

「おまえさん、気があるのか？」

「ない」

　速水はあっさりと言った。「だが、興味はある」

「私が、彼女を見て何を思ったか教えてやろうか？」

「何を考えた？」

「娘の涼子を思い出したんだよ」

11

安積と速水は、原宿駅を中心に聞き込みを行った。

目撃者の話では、高間卓は公園から原宿駅方面に駆けていったということだった。高間卓の姿を見かけた駅員はいないかと期待したのだが、写真を見せても覚えている駅員はいなかった。

安積は、駅の構内を通って竹下口に抜けた。そこから竹下通りに入り、両側に立ち並ぶ雑多な店の従業員に高間卓の写真を見せた。この写真はごく最近のものだ。実は、山崎の事件で逮捕したときに撮影したもので、聞き込みに使うには理想的だった。

それでもあの夜、高間卓を見たという店員はいなかった。

「考えてみりゃ道理だよな」

速水がうんざりとした表情で言った。「事件は真夜中に起こった。このあたりの店は真夜中には閉まっている」

「飲食店なら、開いていた可能性がある」

「夜中に開いている飲食店は、たいてい昼間は休んでいる。開いているとしても従業員が違うだろう」

「コンビニも開いていたはずだ」

「同様にコンビニもバイトのシフトが違う。夜に出直したほうがよくはないか？」

「仕事熱心だな。夜の聞き込みか？　いい刑事になれるぞ」

「刑事だって？　冗談じゃない」

安積たちはひたすら歩き回り、疲れ果てて捜査本部に引き返した。

夕方になり、本部に集まる資料は午前中より格段に増えていた。

まず、死体の解剖所見が届いていた。死因は、やはり銃弾による傷だった。それ以外に傷はない。発見されたとき、死んでから一時間とたっていなかったことが明らかになった。

それは安積にもわかっていた。安積が死体に触れたときまだ硬直が始まっていなかったからだ。

銃弾は、背中から入り、肺と心臓のあたりでひと暴れした。大きなすり鉢状の穴をあけて、胸から飛び出していった。

即死だ。犯人は、銃の扱いに慣れていたのだろうか？

なかなか一発で殺せるものではない。やはり、ヤクザ同士の抗争だろうか？

殺し屋の仕業（しわざ）とも考えられる。外国人も疑ってみなくてはならないだろう。麻薬・覚醒剤がらみで中国系や南米系のマフィアと揉めることもあるだろう。

だが、至近距離から撃たれているというところに安積は引っかかった。背後から撃たれている。

公園内でそっと後ろから近づき、一発撃つ……。

被害者は気づかなかったのだろうか。

何かの取引の途中に裏切られたということも考えられる。

金と品物を交換する。取引が終わり、被害者が立ち去ろうとするところを撃たれた……。

だが、走り去った高間卓は……。

被害者と公園で会っていたのだろうか。そして、高間卓を病院送りにしたヤクザと被害者は何か関係があるのだろうか？　あるいは同一人物かもしれない。

安積の頭の中でいろいろな可能性が渦巻いた。

次に届いたのは鑑識の報告だった。

拳銃はやはり三八口径のスミスアンドウェッスン。シリンダーの中には弾が六発入っており、その中の一発が空薬莢(からやっきょう)だった。

拳銃にマエはなかった。つまり、犯罪記録に残っていないということだ。驚いたことに、あの夜、樹木にめり込んだ銃弾を見つけた者がいた。

神南署の鑑識か機動捜査隊員かはわからない。安積は前者であってほしいと思った。その弾のライフリング・マークは、現場に残されていた三八口径と一致した。

銃身の内側に切られているらせん状の溝は、銃によってすべて違う。いわば銃の指紋のようなものだ。

発砲したとき、その溝による傷が弾丸に残る。その傷によって発射した銃を特定できる。

凶器は捨てられていたスミスアンドウェッスンであることが証明された。銃の出所(でどころ)を洗わなければならない。

　被害者の衣服についていた火薬や焼け焦げの跡から、銃が発射されたとき、被害者と銃の間隔は三十センチ以下だということがわかっていた。

　三十センチ……。それなら撃ち損じることはないな。

　安積は資料を読みながら顎を撫でていた。髯の剃り跡が指先に触れる。

　銃からは指紋は出ていない。遊歩道は舗装されているので足跡も出なかった。

　鑑識は、現場付近にポータブルの掃除機を掛けて、ありとあらゆるものを拾い上げて行った。

　捨てられたタクシーのレシート、ガムの包み紙、毛髪、衣服の繊維、空き缶等々……。

　だが、公園は人の出入りの激しいところで、それらが犯罪に関係していることは立証できない。

　だが、何かを証明しようというとき、傍証になる可能性がある。例えば、ある人物がその場所に行ったことがあるかどうかは、その場にあった繊維と、その人物が持っている衣服の繊維が一致すれば明らかになるわけだ。

　出かけていた捜査員たちがあらかた帰ってきたところで、夕方の会議が始まった。

　その会議での一番の収穫は、被害者の身元が判明したことだった。

　名前は、小淵沢茂雄。年齢は三十九歳。板東連合系侠堂会亜麻田組の幹部だ。渋谷に縄張りを持つ組だ。

その知らせを持ってきたのは、渋谷署の小倉係長だった。彼は、渋谷署のマル暴をひとり連れてきていた。

「対立抗争中の組は?」

捜査主任の池谷理事官が尋ねた。

「特にそう目立った動きはないようですね。渋谷は比較的棲み分けができてますから……」

渋谷署のマル暴がこたえた。

「では、抗争で殺されたとは考えられないのだね?」

「それはわかりません。最近では、日本人のヤクザが相手とは限りませんからね。外国人と対立することだってあるし……」

「そういう動きはあったのかね?」

渋谷署マル暴は、肩をすぼめて見せた。

「特につかんじゃいませんが……。でも、イラン人なんかが、覚醒剤を売り歩いていますからね。やつら、高校生なんかに声をかけて売るんですよ。いわゆるスピードとかね」

「スピード?」

「若い連中はSなんて呼んでます。アンフェタミンですよ。ちょっと前まではクラブなんかで売り買いされてたんですがね。このところクラブもさっぱり下火で。今は路上で売買されてますよ」

「外国人については、二月に発表された警察庁のまとめでも問題になっていたな。去年は、一昨年に比べ、高校生の検挙数が倍になった。イラン人検挙者の増加も目立った……」

池谷理事官のこの言葉に、捜査員の何人かがうなずいていた。

渋谷署マル暴は言った。

「バックに大きな供給源があるんですよ。イラン人に関しては、地域ごとに中ボスがいる。そして、その中ボスを束ねている大ボスが都内にいる」

この言葉にうなずいた捜査員も何人かいた。すでに警視庁の生活安全部ではこうした情報をつかんでいるに違いないと安積は思った。

そして、すでに、人物も特定して内定を進めているはずだ。警視庁の情報収集力は一般人の想像のはるか上を行っている。

池谷理事官は、その点を調べるはずだった。

「被害者は、覚醒剤売買もやっていたのかね？」

理事官は尋ねた。

「ヤクザ者は金になることだったら何でもやりますよ。覚醒剤を資金源にしていたって不思議はありません」

「高間卓だが……」

理事官は考えながら捜査員一同に向かって言った。「外国人なんかと組んで、覚醒剤の密売をやっていたというような事実はないだろうか？」

捜査員たちは、ざわざわと近くの仲間と話し合った。

相楽が言った。

「可能性はありますね。覚醒剤の売買に関して高間卓と小淵沢茂雄が揉めた……。そして、高間卓が犯行に及んだ……。拳銃も外国人から入手したと考えれば……」

安積はその可能性について検討した。たしかに考えられる。だが、しかし……。

「どうして二人で代々木公園にいたのでしょう？」

安積は言った。

相楽がさっと安積のほうを見た。

「何が言いたいんだ？」

「高間卓と小淵沢茂雄が覚醒剤売買を巡って対立関係にあるとして、どうして二人はあんな場所で会っていたのかと思いましてね」

相楽が言った。

「小淵沢が話をつけようと思ったのかもしれない。暴力団としては素人に縄張りの中で覚醒剤なんか売られたら面子(メンツ)に関わるからな。高間卓を呼び出す。高間は、ヤクザに呼び出されるのだからそれ相当の準備をしていく。つまり、拳銃だ。ふたりは会って話をする。だが、そのうちに話がこじれてズドン」

安積はゆっくりと何度もうなずいていた。彼は、慎重に言った。

「でも、被害者は背中を撃たれているんですよ。三十センチと離れていない至近距離から

「それがどうかしたか?」

安積が言うより早く、速水が言った。

「極道が対立している相手に簡単に背中なんぞ向けないってことだよ」

相楽は、一瞬黙った。

安積や速水の言うことがもっともだと思ったのだろう。だが、おとなしく認めるような手合いではなかった。

「小淵沢は、高間卓に覚醒剤を供給していたのかもしれない。薬を売らせていたんだ。それなら小淵沢は高間卓を警戒しない。高間卓は、何かの理由で小淵沢と縁を切りたかった……」

捜査員たちは、じっとこの間のやり取りを聞いて考え込んでいた。

「いいだろう」

池谷理事官が言った。「推測の話をこれ以上続けていても埒(らち)が明かない。高間卓の足取りと、小淵沢の鑑取り。これを最優先にする。高間の身柄(ガラ)を押さえれば、必ず何かわかるはずだ」

「ということは……」

金子課長が尋ねた。「高間卓を容疑者と考えるわけですね」

「指名手配だ」

池谷理事官は決断した。「ただし、容疑者は少年だ。マスコミに名前が出るようなことがないよう、充分に注意してくれ」

渋谷署のマル暴は、捜査本部の専従になることを渋った。すでに、亜麻田組では小淵沢の姿が見えないことを不審に思っているらしい。明日、朝刊で殺されたことを知ったら、ちょっとした騒ぎになるだろうと言うのだ。マル暴としては、それを抑えるのに手一杯になるだろうと彼は言う。

池谷理事官は、彼の言い分を認めた。さらに警視庁捜査四課の応援を要請するように、とアドバイスした。

マル暴刑事は、もちろんそのつもりだと言って捜査本部を出ていった。

これから、彼らは、暴力団員たちを脅かしたりなだめたりといった戦いを始めるのだ。

もしかしたら、何かの取引をしなければならないかもしれない。

日本の警察は取引をしないということになっているが、マル暴だけは特別だ。彼らが亜麻田組を抑えてくれなければ、捜査に支障をきたすこともありうる。

ヤクザどもが勝手に動き回って、捜査を台無しにする可能性もあるのだ。

高間卓と小淵沢茂雄が、事前に何らかの関係を持っていたとする。当然、まわりの組員はそれを知っていただろう。

すると、新聞に少年が容疑者だと書かれただけで、その少年が誰か彼らにはわかってしまう。

跳ねっ返りの組員は、高間卓を見つけ出して殺そうとするだろう。警察の面子にかけてそんなことは許すわけにはいかなかった。

日が落ちると、街はたちまち表情を変える。

ある種の人々にとって、街は居心地のいい場所となり、昼間は色あせている欲望が燐光(りんこう)を放ちはじめる。

若者たちは、楽しみを求めて街へやってくる。昼間は、人の足はあまり止まらない。流動の時間なのだ。しかし、夜になると停滞が始まる。それは、独特の心地よさを若者たちに与える。

若者たちは、酒場にたむろして話し合う。道路にも固まってたたずむ若者が増えてくる。彼らにとっては、ただ街角に集まるだけでもちょっとした楽しみなのだ。

安積と速水は、昼間と同じコースをたどってみた。たしかに、同じ場所なのに、昼間会う人間と夜会う人間は違っていた。人の種類も違うような気がする。

夜の人間たちはしたたかだ。

安積は、速水までがいきいきしているような気がしてきた。

だが、結果は同じだった。原宿駅から竹下通りにかけて聞き込みをやったが、事件の夜、高間卓を見かけた人間はいなかった。

速水は、通りに座り込んでいる若者に近づいた。

「ちょっと訊きたいんだが……」

若者たちの警戒心が眼に現れる。

それは憎しみの色にも似ている。

若者たちは三人いたが、誰も返事をしようとしない。速水は平然と、尋ねる。

「この写真を見てくれ。誰か、こいつを知っているやつはいないか？」

三人は、猜疑心に凝り固まった眼でじっと速水を見つめているだけだ。

「聞こえないのか？　それとも、俺の日本語は上等過ぎて理解できないか？　だが、残念ながら、俺は、チョーとかマジとかいう言葉は使えないんだ。さあ、写真を見ろ」

「なんだよ、オッサン」

ついにひとりが口を開いた。「マッポかよ」

「そうだ。悪いか？」

「手帳、見せろよ」

速水は、まず写真をしまい、ゆっくりとその若者に近づいた。それからの動作は素早かった。

座り込んでいる若者の襟首を両手でつかむと、ぐいと引っ張って立たせた。そうしておいて、背後の閉まっているシャッターに押しつけた。

手帳を出すと、その若者の顔に押しつけた。

「ようく拝め。そして、俺が警官だとわかったら、おとなしく写真を見るんだ」

「わかったよ……」

若者はすっかり気圧(けお)されていた。あとの二人も立ち上がっていた。彼らは不安げに仲間と速水のやり取りを見ている。

二人は何度か安積のほうをちらりと見やった。安積の出方を見ているのだ。もしかしたら、速水をなだめるのではないかと期待しているのかもしれない。

安積は動かなかったし、何も言わなかった。

「知らねえよ、こんなやつ」

写真を見た若者が言った。

「よく見ろ。けっこう顔が売れているやつらしい」

「知らねえ。本当だよ」

速水はあとの二人にも写真を見せた。二人も知らないと言った。

速水はしばらく三人を見つめていたが、やがて写真をしまうと言った。

「協力を感謝するよ」

速水は後ろも見ずに三人から遠ざかった。彼は、明治通りに出るあたりでも同じことをやった。さらに、道を渡り、ビルの前にある広い階段に腰掛けている連中にも。

誰も高間卓を知らなかった。

安積は、女子高生のグループを捕まえて同じ質問をした。やはり知らなかった。

「顔が売れてるだって？」

速水は言った。「こいつはたいしたことないんじゃないのか？」

「そうかもしれない」

安積は言った。「だが、縄張りが違うのかもしれない」

「縄張り？」

「行動範囲だ。原宿にはあまり来ないのかもしれないな」

「渋谷方面かな？」

「渋谷に向かうとしたら、あの夜、どこを通ったんだろうな」

「公園から原宿駅のほうに走ってきたんだろう？　そこから渋谷に向かう最短のコースは、消防署通り、通称ファイヤー通りだ。つまり、わが神南署の前の道というわけだな……」

山手線に沿って走っている道だった。その可能性は大いにあると安積は思った。高間卓はひどく慌てていたようだ。そんなとき、人は、無意識に馴染みのある場所に向かうに違いない。

「そっちのほうに回ってみよう」

速水は黙って安積に従った。夜の消防署通り、通称ファイヤー通りは閑散としている。

そのまま真っ直ぐいけば、ハチ公前の交差点に出るし、代々木競技場を過ぎたところにある二股を右に入ればパルコのあたりに出る。安積は、駅に出るほうの道をたどることにした。

「さすがに若いやつらの扱いが慣れてるな……」

安積は速水に言った。

「俺はなめられたくないだけさ」

「なあ、おまえ、楽しんでないか？」

「楽しい？」

速水は言った。「デカの真似事させられて、何が楽しいもんか」

だが、安積は、速水がにやりと笑ったのを見逃さなかった。

12

「知ってるよ。タクだろう?」

ハチ公前にたむろしていた少年グループを捕まえて、速水が写真を見せると、野球帽のようなキャップを被った少年が言った。

その仲間も、写真を見てうなずいた。

「土曜の夜、見かけなかったか?」

速水は、凄むように言った。

「知らないよ。土曜の夜は街に出なかったからな」

帽子の少年が言った。

「他の仲間もそうか?」

「ああ。土曜は集まらなかった」

「週末だぜ」

「今日、模試があったんだよ」

「高校生か?」

「そうだよ」

安積はこの言葉に戸惑いを覚えた。街でグループを作っている少年たちは、不良と見なされている。だが、彼らは、学校に戻ればごく普通の生徒なのだ。

模試のために勉強をしなければならない。おそらく、大学受験を考えているのだろう。一昔前まで、不良といえばアウトサイダーだった。だが、今は違う。彼らの社会からの逸脱はパートタイムなのだ。

「他に知っていそうなやつはいないか？」

「タクのこと？　いるんじゃないの。わりと有名だから。あいつ、すっごく絵がうまいんだ」

「絵……？」

「本職のイラストレーターみたいなんだ」

「宮下公園の下のトンネルに、タクの絵があるよ」

他の少年が言った。「すごいよ」

スプレーなどで壁に描いた落書きのことだ。昔は、黒のスプレーで文字などを書くだけだったが、いつの間にか壁は極彩色のイラストで埋められるようになった。

「タクがよく行く店とか知らないか？」

「店？」

「クラブとか、おまえら、よく行くんだろう？」

「今時、クラブなんて行かないよ。タクも街をぶらついているだけじゃなかったのかな……。あんまり、金なさそうだったし」

速水は、少年たちに興味をなくしたようだった。写真をしまい、少年たちから離れた。

ハチ公前には派出所がある。安積はそこに寄ってみることにした。

派出所の出入り口付近に立っていた外勤の警官に手帳を見せて言った。

「神南署の安積だ。こちらは速水。土曜の夜のことでちょっと、訊きたいことがあるんだが……」

若い警官は、敬礼をしてから振り返った。奥に巡査部長がいた。巡査部長が席を立って近づいてきた。

「土曜の夜？　代々木公園の殺人事件ですか？」

「容疑者の少年の足取りを追っているんです。見かけませんでしたか？」

安積はうなずいた。

安積は写真を取り出して見せた。

「容疑者？　もう手配されているんですか？　そんな話は聞いていないが……」

「さきほど手配が決定されたばかりなんです。高間卓というのですが……」

「そいつなら知ってるよ。オヤジ狩りで捕まったやつだろう。その後の処分は知らないが」

「家裁で説教を食らって、それきりです」

「その高間卓が、容疑者だって言うんですか？」

「今のところ、そういうことになっています。土曜日の夜のことです。十二時過ぎ……。

高間卓を見かけた者はいませんか？」

「……と言ってもね……」

巡査部長は言った。「知ってのとおり、土曜の第二当番の連中は、今日は日勤だから……」

安積はうなずいた。

「この派出所の申し送り事項にしてください。何か知っている人がいたら、捜査本部まで知らせてほしいのです」

「わかりました」

安積と速水は派出所を出た。

派出所から離れると速水が言った。

「ああいうことは、上からお達しが行くんじゃないのか？」

「もちろん行く。だが、個人的に要請されたことは絶対に忘れない」

「たまげたな。おまえさんは、警察機構の欠点を全部把握しているみたいだ」

「おまえより、そういう点で苦労しているだけのことだ」

「俺に言わせりゃ、苦労を買って出ているように見えるがね」

一日中歩き回って安積は疲れ果てていた。渋谷から東横線に乗れば自宅まですぐだった。

そろそろ引き上げようと考えていると、知っている顔が近づいてくるのに気づいた。渋谷署のマル暴刑事だった。

「よう……」

彼は、片手を上げた。同業者の親しみを感じさせる。「あんた、安積さんだろう？　ベイエリア分署の？」

「今は、神南署ですよ」

「そうだった……。で、こっちが湾岸高速隊の速水隊長」

「今は、ミニパトに乗っている」

速水が言ったが、それが冗談であることに気づくまで少しばかり時間がかかった。

マル暴刑事が言った。

「俺は、堀って言うんだ」

「今、帰りですか？」

「ああ、ようやく解放されたよ。亜麻田組にいてね、連中を抑えるのはたいへんだよ」

「そうでしょうね」

「それでね、ここで会ったのも何かの縁だと思ってな。言い訳をしておこうと考えたわけだ」

「言い訳？」

「そう。殺された小淵沢と高間とかいうガキとの関係を知っているやつが亜麻田組にいるかもしれない。だが、俺たちはとてもそれを聞き出す余裕はない」

「なるほど……」

「捜査本部に片っ端からしょっぴくって手もあるが、そうなると、俺たちは責任持てなくなる。頭に来た若い衆が何をやるかわからない」

「そうですね」

堀の言いたいことはわかった。暴力団と常に接触していると、暴力団側の論理が体に染みつくことがある。安積は言った。「しかし、この事件、鑑取りが勝負です。亜麻田組の組員にも事情を訊きに行かなければなりません」

「いや、だからな、安積さん……」

「ご苦労はわかります」

安積はさらに言った。「だが、警察が妥協したら終わりですよ」

堀は、目を瞬いた。

「わかってる……」

堀は言った。「わかってるんだよ。しかしな、実情というものがある。俺たちは、ぎりぎりのところで頑張ってるんだ」

安積はうなずいた。

「みんないっしょですよ」

堀は、何か言い掛けてあきらめたようにかぶりを振った。

彼は、安積と速水のもとを離れていった。その後ろ姿を見て、速水が言った。

「あいつは、ねぎらってほしかったのかな？」

「暴力団との関わりが深くなると、どうしても向こうに付きたくなることがある」

「おまえの態度は立派だったよ」

「茶化しているのか？」

「そう思うか？」

安積の疲労感が募った。

その気分を読み取ったように速水が言った。

「一杯付き合う気はあるか？　デカ長」

「ああ……」

安積はこたえた。「一杯だけならな」

「考えてみりゃ、夕飯もまだだったな」

「おまえと飲むについては条件がある」

「何だ？」

「私の私生活の話をしないことだ」

「じゃあ、俺の私生活の話もするな」

「おまえに私生活があったなんて初耳だな……」

速水は、かすかに笑い、ガードの脇を駅の反対方向に進んだ。南口の駅前。かつて闇市がはびこっていたあたりだ。

このあたりに来るとほっとするのは、やはり年を取ったせいなのだろうか。安積はふとそんなことを考えていた。

安積・速水組の他にも、もちろん聞き込みに回っていた捜査員はいた。朝一番の会議で彼らは昨夜までの収穫について発表したが、誰も、高間卓の足取りをつかめずにいた。

高間のアパートを家宅捜索した組も、めぼしい手掛かりを発見できなかった。

彼のアパートは、ひどいありさまだったという。ガスと電気が止められていた。かろうじて水道だけは通っていたが、それも時間の問題のように思われた。公共料金はすべて未払いだった。

台所付きの六畳一間で、万年床が敷いてあった。古いテレビがあり、ラジカセがある。壊れかけたカラーボックスを棚代わりに使っており、その中に、雑多なものが放り込まれてあった。

捜査員たちは、段ボールの箱を用意して、それらの物を持ちかえっていた。捜査本部でその箱を開き、捜査員たちが調べていた。

多くの捜査員は写真に興味を持った。最近の写真しかない。子供の頃の写真は川越の実家を訪ねた捜査員が持ちかえっていた。

高間卓といっしょに写っている人物を特定して交遊関係を洗う。時間がかかる捜査だが必要だ。

段ボールの箱をあさっていた捜査員のひとりが声を上げた。

安積は思わずそちらを見た。声を上げたのは須田だった。

「どうした?」

安積は須田に尋ねた。

「見てくださいよ、これ」

須田が差し出したのは、大学ノートだった。安積は、それを開くと須田同様に声を上げそうになった。

すばらしく精密な絵が描かれている。鉛筆画だった。写真を模写したようなのだが、その繊細なテクニックは驚嘆に値した。

他の捜査員がノートを覗き込んだ。安積は、一同にそれを回した。

皆、それぞれに驚きを表現した。

「タクが描いたんでしょうかね、それ」

須田が言った。

安積はうなずいた。

「高間卓は絵がうまかったと、街の若者が言っていた。だが、これほどまでとはな」

「絵のことはよくわからないけど、たいしたもんですよね。頑張ればプロになれるかもしれない……」

「その方法がわからないのさ」

速水は言った。「大人たちは誰も教えてやらなかった。最近の大人は子供を人生のレールに乗せることしか考えていない。未来の可能性を教えることをしない。だから、子供もみんな刹那的になるんだ」

安積は言った。

「おまえは、少年たちに未来の可能性を教えているというのか？」

「甘ったれてぐれていると、そのうちとんでもない目に遭うぞ、という未来のある可能性を教えている」

「なるほどな……」

高間卓の実家を訪ねた班の連中は、どこか釈然としない顔つきをしていた。

警視庁から来た部長刑事のひとりが報告した。

「高間卓の両親に会いました。父親はごく普通の会社員。母親は専業主婦です。どこにでもある中流家庭で、特に家庭に問題があるわけではなさそうです。ただ……」

彼は戸惑ったように眉をひそめていた。「なんというか、ちょっと変なのです」

「何が変なんだ？」

池谷理事官が尋ねた。

「両親は高間卓のことにひどく無関心なのです。高間卓をいないものとして暮らしているような感じなのです。もしかしたら、両親は高間卓を恐れているのかもしれません」

「暴力を振るう息子に手を焼くのはよくあることだ。それで殺人が起きるご時世だ」

「自分の子供に対する責任とかはどう考えているのかと訊きたくなりましたよ」

「実際には訊かなかったのか？」

「余計なことは訊きませんでした。高間卓は、ここ二年間、一度も実家に姿を見せていないということです。つまり、両親は最近の高間卓の交遊関係などをまったく知らないのです」

「なるほど……」

「二年前まで、彼が使っていた部屋がそのまま残っていましたが、実際には物置代わりに使われているようでした」

「二年間寄りついていないんじゃな……」

「この先、高間卓が実家に立ち寄る可能性もありますから、埼玉県警にその旨を伝えてきました」

被害者の小淵沢茂雄は、渋谷区桜丘町(さくらがおかちょう)の高級マンションに住んでいた。まともな職業に就いている人がなかなか住めないようなマンションに税金を一銭も払っていないヤクザ者が住んでいる。

家宅捜索をしたが、小淵沢茂雄と高間卓の関係を臭わせるようなものは発見されなかった。

「何人か亜麻田組に行って、話を聞いてきてくれ」

池谷理事官が言った。鑑取りの班から数名が行くことになった。安積は、渋谷署の堀のことを思い出していた。

会議が終わり、捜査員たちはそれぞれの持ち場に散っていった。安積と速水は引き続き容疑者である高間卓の足取りを追った。

山崎事件のときにいっしょに捕まった四人の仲間を訪ねてみることにした。彼らは学校にいるはずだ。同じ高校だから、一度に四人に会うことができる。時間の節約になる。

だが、彼らの通う学校に行ってみると、四人のうち、二人は休みだった。

安積は、二人を呼び出してもらい、場所を借りて一人ずつ尋問することにした。

尋問の場所は進路指導室だった。

安積と速水の前に座ったのは、がっしりとした体格で髪を短く刈った少年だった。事件のとき、迷彩ズボンを穿いていた少年だ。

「名前は？」

安積が尋ねた。

「友部進一（ともべしんいち）」

「高間卓の居場所を探している。どこにいるか知らないかね？」

「知らない……」

少年はまだ三角巾（さんかくきん）で左腕を吊（つ）っていた。安積の眼を見ようとしない。落ち着かない様子だった。

ヤクザに痛めつけられ、刑事の訪問を受ける。落ち着いていられるほうがおかしいと安積は思った。

「何か心当たりはないか？　高間卓が行きそうな場所の」

「わからない……」

「ちゃんとこっちを見てこたえろ」

速水が言った。友部進一は、驚いて眼を上げた。

「わからないんだよ。いつも、渋谷駅の近くで会ってそれから街に繰り出すんだ。だけど、普段、タクさんが何をやっているかなんて知らないんだ」

「友達のことだ。何か知っているだろう」

安積が尋ねた。友部進一は怪訝（けげん）そうな顔をした。

「友達……？　それ、タクさんのこと？　友達ってのとはちょっと違うよ。タクさんは、俺たちの相談相手だったんだ」

「その相談相手が逃げ回っている」

速水が言った。「新聞は読んだか？」

「新聞？」

「ヤクザが代々木公園で撃たれた」

「タクさんがそれに関係しているということ？」

友部進一は目を丸くした。

安積はその質問にはこたえなかった。刑事は質問する側であってこたえる側ではない。

安積は写真を取り出して見せた。

「被害者の写真だ」

それは死体の写真だが、人相は確認できる。

写真を見ると友部進一の顔色がみるみる蒼くなった。死体を見たことがショックだったのか、それとも知っている顔だったからかは、安積にはわからなかった。

「その人物に見覚えはないかね？」

「わからない……」

友部進一は言った。「わからないよ」

「よく見るんだ」

安積は言った。

「それ、死体でしょう？　見たくないよ」

「知っている人か？」

安積はもう一度訊いた。

「知らない」

沈黙。安積は、友部進一に考えさせることにした。案の定、友部進一はさらに落ち着きをなくした。

「残念だが、私たちは、相手が嘘をついていたり隠し事をしているとわかってしまうんだ。君は今、嘘をついている」

「そんなことは……」

友部進一はむきになって言おうとしたが、途中で口をつぐんでしまった。

「この人物を知っていると言うと、高間卓に不利になると考えているのだろうが、正直に言ってくれないと、さらに面倒なことになりかねない」

「面倒なこと?」

速水がこたえた。

「殺されたのは暴力団員だ。俺たちより先に、その暴力団の連中がタクを見つけたらどういうことになるだろうな?」

友部進一の顔色はますます悪くなり、今や蒼白になっていた。

「タクがヤケを起こすということも考えられる。そうした場合、たいてい法の裁きを受けるより悪い結果になる。俺の言ってること、わかるか?」

「なんとなく……」

「だから、おまえにできる最良のことは、本当のことを言うことだ」

やがて、友部進一は言った。

友部進一はしばらく黙っていた。安積も速水も黙っていた。

「俺の腕をこんなにしたの、そいつらだよ……」

13

もうひとりは、ピアスをして髪を金色に染めている少年だった。

学校でこんな恰好が許されていることに、安積は驚いた。彼に対する、教師の態度を見ると、許しているわけでもなさそうだが……。

その少年の名は中川陽平。彼も、最初口をつぐんでいたが、やがて友部進一と同じことを言った。

ふたりの話を総合すると、相手は小淵沢の他に五人いた。皆、ヤクザだった。

それは傷を見れば納得できる。もう一度、顔を見たら、彼らがわかるかと尋ねたところ、友部進一も中川陽平もぞっとしたような顔をした。

もう二度と会いたくないに違いない。安積は、向こうからこちらが見えない状態で首実検ができるのだと説明した。彼らは、覚えているかもしれないが自信はないと言った。

小淵沢といっしょに高間卓たちを痛めつけたのが、亜麻田組の連中であることは容易に想像がつく。だが、それを証明するためには、友部進一や中川陽平らの証言が必要だ。

なぜ、小淵沢たちとやり合うことになったのかと安積が質問した。そのこたえは、安積の期待を裏切らぬものだった。

小淵沢は、山崎といっしょにいたという。友部も中川も山崎という名は言わなかった。

彼らは、あのオッサンと言ったのだ。

俺たちが狩ったあのオッサン、だ。

それが山崎かどうかの確認を取る必要もある。刑事の仕事は半分以上が証明だ。ひたすら法的な証拠をかき集めて歩くのだ。

学校を後にした安積は速水に言った。

「妙なところに山崎が顔を出してきたな……」

「山崎は告訴を取り下げたんだっけな」

速水はどこか面白がっているような調子で言った。

「そうだ。そして、それからほどなく、高間卓たちが入院した」

「高間卓たちは、なぜそのことを言わなかったんだろう」

「さあな……。自分たちで解決したかったのかもしれない。警察に介入されたくなかったんだ」

「つまりそれは……」

速水は明らかに面白がっていた。「彼ら自身の手で復讐するということを意味しているな」

「そう考えることもできる」

「だったら、それは高間卓の動機になりうる。高間卓は、小渕沢に復讐したんだ」

「動機か……」

安積は、つぶやくように言った。「そうだな……」

「復讐でヤクザを撃ち殺すなんて、たいしたガキだ」

「山崎は無事だ」

安積は言った。

「ああ？」

「俺が高間卓なら、山崎も狙うよ。山崎が小淵沢を使ってオヤジ狩りの意趣返しをやったと考えるのが自然だ」

「高間卓はそうは思わなかったのかもしれないな。彼は実際に自分を痛めつけたヤクザに怨みを抱いていた。山崎なんてどうでもよかったのかもしれない」

安積は考え込んだ。

やがて、彼は言った。

「一度、山崎に会わなければならないな」


捜査本部に戻り、安積は聞き込みの結果を池谷理事官に報告した。理事官のまわりには、副主任の金子課長、予備班の二人の係長がいて話を聞いていた。

話を聞きおわると、金子課長が言った。

「こりゃあ、最初に刑事部長が言った、意趣返しの線が濃厚になってきましたね。つまり、山崎が小淵沢らを使ってオヤジ狩りの意趣返しをやった。そして、今度は高間卓がその意趣返しをやる……」

安積は言った。

「そこで、山崎が無事だということが引っかかるのですよ」

理事官は難しい顔で考え込んでいる。

「無事かどうかはわからない」

金子課長が言った。「もしかしたら、脅迫されているかもしれない。山崎は小淵沢が死んだということを当然知っているはずだ。脅しは効果的だ」

理事官が言った。

「あるいは、いま現在、高間卓は山崎を狙っているかもしれない。とにかく、山崎から話を聞かなきゃならん。安積さん、行ってくれるか?」

「わかりました。学校を休んでいる高間卓の仲間はどうします?」

「それは、誰か別の者に行かせる。亜麻田組の組員を引っ張ってきて首実検する段取りもこちらでつける」

安積はうなずいて捜査本部を後にした。

外に出ると速水が言った。

「ほかの係長たちは、捜査本部の椅子を温めているってのに、俺たちはやたらにこき使われるな……」

「知らないのか？　刑事は外にいるほうが楽なんだよ。中にいる連中は山ほど書類を書かされるし、令状(オフダ)を取るために裁判所と折衝をしたりしなければならない」

「俺が言いたいのは、おまえさんが安く見られているんじゃないかということだ」

「そんなことはない」

「それならいいがな……」


銀行を訪ねると、山崎は露骨に迷惑そうな顔をした。

山崎は、安積と速水を応接室に連れていった。きちんとした応対をするためというより、人目につくことを嫌ったのだと安積は思った。

「困るんですよ」

山崎は言った。「勤め先にまで押しかけてこられちゃ……」

「どうしても伺いたいことがありましてね」

安積がそう言うと、山崎はさらに強気な態度に出た。

「私は、告訴を取り下げた。もう警察は関係ないはずだ」

「そう。告訴を取り下げただけなら、こうしてお訪ねするようなことにはならなかったでしょう」

「どういうことですか、そりゃあ」

「高間卓という名を覚えていますね？」

「高間卓……?」

山崎は表情を変えない。「ああ。私を襲ったやつだな。逮捕されたと聞いたが……」

「逮捕しました」

「ならば、もう私は関係ないはずだ」

「高間卓とその仲間は青山病院で逮捕されました。彼らは怪我をして病院に運び込まれていたのです」

「ほう」

「彼らは、どうやらヤクザ者にこっぴどくやられたようでした」

「自業自得というやつじゃないのかね。ヤクザと喧嘩になったんだろう」

「小淵沢茂雄という男を知っていますか?」

「知らない」

「本当に知りませんか?」

「知らんよ。その男がどうしたと言うんだ?」

安積は、無言で山崎を見つめた。山崎は挑むように安積を見返した。

「どんな場合でも私たちに嘘はつかないほうがいい」

安積は言った。「どんな場合でもです。私たちに嘘をつくということは、いま現在より状況を悪くするということなんですよ。その点を冷静に考えてください」

「何を言ってるのかね。私は、おしゃべりに付き合っていられるほど暇じゃない」

「もう一度質問します。小渕沢茂雄という男をご存じありませんか？」

「知らないと言っているだろう？」

「新聞はあまりお読みにならないのですか？」

「新聞？」

「小渕沢茂雄というのは、先週の土曜日に代々木公園で殺された男の名前です」

「ああ……」

山崎は興味なげに言った。「そんな事件がありましたね。事件のことは知ってます。でも、いちいち被害者の名前を覚えている人が世の中にどれくらいいると思います」

「あなたは覚えておいでだと思ったのですが……」

「なぜだね？」

「高間卓を痛めつけたヤクザというのは、小渕沢茂雄だったという有力な情報を得ています」

「そうなのかね？」

「そして、ある人物の証言によれば、その場にはあなたもいらっしゃったということなのですが……」

「私が？」

山崎は、驚いた表情になった。「どうして私がそんな場所にいなければならないのだ？」

「それを、私は伺いたいのです」

「そんな事実はないよ」

「複数の人間がそう証言しているのです」

安積はこたえなかった。刑事は質問にはこたえない。それをわからせなければならない。

山崎は苦笑した。

「複数の人間？　高間卓とかいう少年たちかね？」

安積はその質問にもこたえなかった。

「少年たちが嘘をついているとはどうして考えないのかね？」

「でまかせに決まっているよ」

「でまかせ？」

「高間卓と言ったかね、その少年。彼らはヤクザにしたたかにやられた。どうせ、街中で大きな顔をしていたからこらしめられたのだろうが、相手がヤクザじゃどうしようもない。だから、腹いせに私の名前を出したんだ。やつらにとっては、大人はすべて憎しみの対象だ。大人なら誰でもよかったんだ。少年たちは私の名前を言ったのかね？」

安積は、こたえない。

たしかに、少年たちは、山崎の名前は出さなかった。それ自体は大きな問題ではなさそうだ。

しかし、法律というのは面倒なものだ。優秀な弁護士がついたら、その点をうまく衝いてくるかもしれない。

「あなたは、一度告訴され、それを自ら取り下げた。なぜ取り下げたのです？」

「特に理由はないよ。襲われた直後は私も興奮していた。病院で警官に告訴するかと尋ねられたので、すると言った。だが、冷静になってみると、それほど大騒ぎするほどのことではなかったような気になってきた。第一、銀行内の立場もあるしな。一刻も早く警察との関わりを断ちたかった。銀行というのは、なかなか面倒なところでね。本人が罪を犯していなくても、警察沙汰を嫌うのだ」

「あなたが告訴を取り下げて、しばらくして少年たちはヤクザに襲われた。私はその点が気になっているのですが……」

「関係ない」

山崎はきっぱりと言った。「彼らが襲われたことなど、私には関係ない。だが、彼らは関係あると思い込んだのかもしれんな」

「どういうことです？」

「少年たちがさ。私を襲ってからそれほどたたずに、ヤクザにやられたので、何かの因果関係があると勘繰（かんぐ）ったのかもしれない。猜疑心の固まりのような連中だからな。私の差し金だと思い込んだんだ。迷惑な話だよ」

「銀行ではどういう仕事をなさっているのですか？」

「なに？」

山崎は不意を衝かれたように、無防備な表情になった。

「銀行での御仕事です」

「捜査に何か関係あるのかね?」

「どうでしょう。あるかもしれないし、ないかもしれない」

「私は……」

山崎は、あれこれ考えているようだった。やがて、開き直ったように言った。

「私は、資財運用という部署にいる。私がやっているのは、主に債権の処理だ」

「具体的には?」

「不動産取引などで、不良債権化した物件があるとする。そういう場合、抵当物件になっているものを処分する。まあ、そういった仕事だ」

「なるほど……」

安積はうなずいた。山崎の眼を見た。山崎は見返してきた。無理して眼をそらすまいとしているようだった。

「こういうご時世だから、大変でしょうね……」

「そう。だから、こんな無駄な話をしている時間はないんだ」

「四月十二日の夜。あなたは何をしていましたか?」

これも唐突な質問だった。

「四月十二日……? 一カ月以上も前のことじゃないか。覚えていない」

「土曜日です。第二土曜日です。思い出してもらえませんか?」

「手帳を見ればわかるかもしれないが、手帳は机に置いてきた」

「取ってきてくださっても結構です」

山崎は、一瞬何か抗議しようとしたが、あきらめたように立ち上がり、手帳を取りに行った。戻ってくるまで、安積も速水も口をきかなかった。

山崎が戻ってきて、手帳を見ながら言った。

「不動産関係者の何人かと会ってるね。銀行は休みだったが、私の部署は休みなしだよ……」

「何時に誰と会ったのか教えてください」

山崎は相手の名前を言った。

「その人たちの住所と連絡先を教えてください」

「刑事さん」

山崎は明らかに気分を害していた。「これはいったい何なのです？　私は何かの疑いを掛けられているのですか？」

安積はこたえない。

「相手の住所と連絡先を教えてください」

山崎は、不承不承といった体で教えた。

「四月十二日がどうしたというのです」

安積は、この質問にはこたえることにした。

「高間卓が小淵沢たちに襲われた日です」

「それで、私のアリバイを調べようというのかね？」

「まあ、そういうことです」

「不愉快だな。これ以上何か訊きたいのなら、令状を持ってくることだ」

「必要ならそうします」

「いったい、あなたたちにとって、何がそんなに問題だというんだ。私がもし、その日、小淵沢といっしょだったとしたらどうだというんだ。傷害罪か？　けっこう。逮捕したいのなら逮捕しろ」

山崎は明らかに興奮してきた。いい傾向だと安積は思った。尋問するとき、相手が感情的になるほうがやりやすい。

それがいかなる感情であってもだ。

「正直に申し上げると」

安積は言った。「私は高間卓たちに対する傷害罪を問題にしているのではありません。小淵沢を殺した人間を問題にしているのです」

「だったら、私などではなく、他を当たったほうがいい。それとも、小淵沢とかいうヤクザが殺された時間の、私のアリバイも尋ねるのかね？」

「そのつもりです」

山崎は、付き合いきれないといった顔で首を何度か横に振った。

「いいだろう。それはいつのことだね？」

「先週の土曜日。五月十七日の午前零時ごろです」

「真夜中じゃないか。私は家にいたよ」

「確かですね」

「部屋で寝ていた。疲れていたんでな。四月十二日だって、夜は家にいたはずだ」

「それを証明できる人はいますか？」

「女房くらいだな。女房のアリバイ証言は無効なのだろう？」

「無効ではありませんが、あまり有力視されません」

「そいつは残念だね」

　あまり残念そうな口ぶりではなかった。

「奥さんは、ご自宅にいらっしゃいますか？」

「なぜそんなことを訊く？」

「私たちは、必ず得た情報の確認を取らなければなりません」

　山崎の顔色が悪くなったような気がした。気のせいだろうか？　安積は思った。これだけ刑事にプレッシャーを与えられれば、誰でも不安になるものだ。たとえ、罪を犯していないとしても……。

　山崎の場合はどうだろう？

「妻は、働いている。契約でホテルで着付けをやっている」

山崎は、新宿にある有名ホテルの名前を言った。安積はうなずくと、形ばかりの礼を言って立ち上がった。

「どこのホテルですか?」

「どう思う?」

銀行を出ると、安積は速水に尋ねた。

「見事だと思うよ」

「ああ?」

「おまえのやり方だ。刑事というのは恐ろしいものだよな。真綿で首を絞めるように追い詰めていく」

「そんなことを訊いたんじゃない。山崎をどう思うかと尋ねたんだ」

「小市民だな」

「まあ、その点は同感だ」

「おまえ、あいつがヤクザを撃ち殺したと思っているのか?」

「わからん。おまえの印象ではどうだ?」

「とても無理、という気がする。ただな……」

「ただ、何だ?」

「ああいうやつが、とことん追い詰められると何をしでかすかわからない。そういう可能性はないとはいえない」

「追い詰められる、ね……」

「その点で、仕事が気になったな」

「そうだな」

安積も同じことを感じていた。「不動産がらみの債権処理。ヤクザが好きそうな職業だ」

14

山崎の妻に会ったが、結局、山崎のアリバイははっきりしなかった。問題の夜に、山崎が自宅にいたかどうかわからないというのだ。

安積は、少なからずこの言葉に驚かされたが、話を聞いているうちに納得することになった。

山崎は、普段から接待などで遅く帰ることが多い。妻のほうも、かなり不規則な生活をしている。

お互いに干渉しないことがいつしか彼らのルールになっているというのだ。家にいるときもたいてい別々の部屋にいる。

寝るのも別の部屋だ。

いっしょに暮らしている人が、いつ出ていっていつ戻ってくるかはわかりそうなものだ。しかし、妻は自信がないという。いたような気もするし、いなかったような気もする。特に気にしていなかったというのだ。

安積は、この夫婦が結婚している意味があるのだろうかと真剣に考えなければならなかった。

もし、安積と彼の妻がそういうルールを作り上げることができたら、離婚せずに済んだのだろうか？

だが、互いに干渉しないというルールを作ってまでいっしょにいる意味があるのだろうか。

安積の妻は、離婚する道を選んだ。もしかしたら、それが互いを傷つけずに済む方法だと考えたのかもしれない。

割り切れぬ気分で捜査本部に戻り、あれこれ考えていた。

山崎のことは追及してみる必要がある。安積はそう考えた。池谷理事官にそれを話しておかなければならない……。

しかし、突然そのチャンスが奪われた。

高間卓を発見したという知らせが捜査本部に入り、一気に慌ただしくなった。

高間卓は、自宅付近で張り込んでいた捜査員に発見された。捜査員が声をかけたところ、突然、逃走したという。

高間卓の自宅は、井の頭線の神泉駅から十分ばかりの住宅街にある安アパートだった。

池谷理事官は、その付近に緊急配備を敷いた。

それから三十分後、高間卓の身柄を押さえた捜査員たちが意気揚々と引き上げてきた。

その中の一人が相楽だった。

容疑者検挙。それは、捜査本部にとって、ひとつの山場だ。容疑を固め、自白を取る。そういったことが重要なのだが、獲物を捕らえたという充実感が捜査員たちを高揚させる。

同時に、彼らは解放感を覚えるのだ。

仕事の先が見えたという気持ちだ。

予備班が中心になって、取り調べを行うことになった。

犯人逮捕を指揮した相楽は、一時のヒーローだった。

相楽の気分に水を差したくない。安積は切実にそう思った。ここで山崎のことなどを持ち出せば、相楽はきっと態度を硬化させるに違いない。

普段なら耳を傾けるような話も、タイミングを間違えれば、聞いてもらえなくなる。

まあ、それでも、高間卓の身柄を押さえたのは一歩前進だ。それは、間違いなく相楽たちの手柄なのだ。

安積は、そっと副主任の金子課長に近づいた。

「ちょっと引っかかるんですが……」

金子は、いつもの睨むような眼で安積を見た。

「なんだ?」

「山崎のことです」

「おう。銀行に行って来たんだったな。どうだった?」

安積は山崎とのやり取りを詳しく説明した。金子課長はじっと聞き入っている。

最後に、安積は言った。

「山崎のことをもっと調べたいのですが」

「問題ないだろう。何を気にしている？」

「相楽さんのことです。意地になるタイプですからね」

「係長。何だっておまえさんは、そう人の顔色を気にするんだ」

「そういうわけじゃありません。捜査本部の中をこじれさせたくないんです」

「真実はひとつだ、係長。本部が間違った方向に動いているというのなら、その流れを正さなけりゃならん。少年相手に冤罪なんてことになったら、シャレにならん」

「まだ、何とも言えないのです。高間卓がホンボシかもしれません。だが、山崎がどこかで一枚嚙んでいるような気がするのです。ただそれだけのことなんです」

「それは重要なことかもしれない。本部の眼を山崎に向けさせるべきだ」

「その役を私がやるべきではないと言ってるんです」

　金子課長はしばらくしてから言った。

「わかった。係長。俺から理事官に話しておく。おまえさんは、山崎についてさらに詳しく調べてくれ」

　安積は、捜査本部の部屋を出て、刑事部屋に向かった。自分のデスクに何かメモがないかチェックし、捜査本部が発足する前の仕事で何かやり忘れていたことはないか確かめた。

　交通費の伝票が机の中に入っていた。とっくに総務課に回していなければならない伝票だった。

安積は溜め息をついて、その伝票を眺めていた。

なごやかに談笑する声が聞こえ、安積は思わず顔を上げていた。須田と本庁の若い刑事が外から戻ってきたところだった。

合同捜査本部では、本庁の刑事と所轄署の刑事を組ませることが多い。その場合、本庁の刑事が部長刑事なら所轄の刑事は若い巡査を組ませる。そしてその逆もある。

須田の場合が後者だった。須田はすっかりとその若い刑事と打ち解けているようだ。須田は敵を作らない。

刑事としては頼りなく見えるかもしれない。敵がいようがいまいが、とことん自分を押し通すタイプの刑事が仲間からも頼られる。しかし、須田のようなタイプも貴重な存在だと安積は考えていた。

「須田」

安積は呼んだ。「ちょっと話がある」

若い本庁の刑事を本部に向かわせ、須田は強行犯係にやってきた。須田は、先生に叱(しか)られた生徒のように緊張した顔をした。

「何です、チョウさん」

「高間卓が逮捕されたことは聞いたか?」

「ええ。聞きました」

「おまえさん、どう思う」

「どうって？」

「高間卓が小渕沢を殺したと思うか？」

須田はまるでテストをされているように、落ち着かない様子になった。

「動機はあると思いますね。聞きましたよ。チョウさんたちが、高間卓の仲間に会って、彼らを痛めつけたヤクザというのが小渕沢だってこと、突き止めたんでしょう」

「その場に山崎がいたらしいということは聞いたか？」

「いえ……」

須田は目を丸くした。「そこにいたんですか？」

「本人は否定しているが、どうやらそうらしい」

「告訴を取り下げたのはそのためですか？　つまり、自分で復讐をするために」

「山崎はかなり頭に来ていたようだな。それで小渕沢に頼んだ」

「どこで知り合ったんでしょうね」

「さあ、そのへんは問題だな。これから調べるとして、さて、考えてみてくれ。小渕沢はヤクザだ。ヤクザ者を使って復讐などしたら、そのあと、どうなるだろうな」

須田の表情がまた変わった。

彼はむっつりとした仏像のような顔つきになった。

「ヤクザが利用されてただけで済ませるとは思えませんね。何かの利害関係がなければ、山崎の代わりに高間卓たちを痛めつけるようなことはしませんよ」

「山崎の仕事は、不良債権化した場合の担保物件を処理することだそうだ」

「チョウさん。これ、臭いますよ。小淵沢は、以前から山崎と何らかの利害関係があったかもしれない」

「あるいは……」

安積は言った。「以前から、関わり合いを持つチャンスを狙っていた……」

「そうか……。山崎が高間卓に襲われたのは、小淵沢にとってそのチャンスだったわけですね。告訴を取り下げろとそそのかしたのも小淵沢かもしれない。そうですよ、チョウさん。それなら突然告訴を取り下げた説明もつく。そして、実際に小淵沢は高間卓をしたたかに痛めつけた」

「そういう筋書きになるな」

「でも、チョウさん。小淵沢はどこで山崎が高間卓に襲われたことを知ったんです？　警察は山崎の名前を発表していません。つまり、マスコミは一切名前を出していないはずなんです」

「小淵沢は、なんとか山崎に取り入ろうと、後を付け回していた。そして、オヤジ狩りに遭うところを見かけた……」

「取り入ろうとしているんでしょう？　現場を見ていたのなら、その場で山崎を助けたほうがよくはないですか？」

「山崎をはめるために、段取りを考えていたのかもしれない。あるいは……」

須田が、安積の言葉の後を引き継いだ。

「山崎と小淵沢を結び付ける誰かが存在する……」

「そいつを見つけたときに、この事件の本当の全容が明らかになるような気がする」

「チョウさん、俺、山崎のこと調べてみますよ。仕事関係とか、交遊関係とか……」

「俺もそのつもりだ」

須田は、秘密を共有する小学生のように真剣な顔つきになってうなずいた。

深夜になっても、高間卓の取り調べは続いていた。

高間卓は、殺人を否認し続けているという。彼の言い分が報告され、捜査本部全体で共有された。

高間卓によると、当夜の出来事は次のようだった。

彼は、小淵沢と名乗る男から連絡を受けた。携帯電話にかかってきたのだという。

今後のことを話し合いたい。つまり、小淵沢は禍根を残したくないので、山崎を襲った件と高間卓が襲われた件でチャラにしようと言ってきたのだ。その話し合いをしたいという。

五月十七日の十二時ちょうどを指定してきた。場所は、代々木公園の公衆便所への道が分かれるあたり。

高間卓は、話し合いに出かけることにした。どう転ぶにしろ、小淵沢とは話をしておかなければならないと考えていたのだ。

待ち合わせの場所に近づいたとき、バーンという大きな音がした。火薬が破裂した音だ。

高間卓は咄嗟に銃声かもしれないと思った。その場から逃げ出そうとも考えたが、好奇心が勝った。何が起きたのか知らずに立ち去る気になれなかったのだ。

高間卓は、待ち合わせの場所に行った。そこで、人が倒れているのを見た。死んでいることはすぐにわかった。

まずいことになったと高間卓は思った。何がどうなっているのかはわからない。しかし、はめられたということはなんとなくわかった。

高間卓は、夢中で逃げ出した。

まず、原宿駅のほうへ行ったが、そこからいつの間にか渋谷に向かって走っていた。なぜ、渋谷に向かったのかは自分でもわからない。気がついたら、渋谷のハチ公前の交差点にいた。

彼はヤクザに追われていると思っていた。だから、行方をくらまし、知り合いの家を転々としたり、野宿をしたりしていた。

金も底をつき、着替えをする必要もあり、自宅の様子を見に行ったところを逮捕されたのだった。

この話を聞いて、安積は事実と矛盾していないという印象を受けた。

高間卓の話より、山崎の話のほうがはるかに怪しげに思える。

しかし、それはあくまで印象に過ぎない。印象に固執するのは危険だ。もう少し、考えるための材料が必要だった。

「安積さん」

理事官が安積に近づいてきた。安積は、顔を上げた。

「今、捜査員を山崎に張りつかせています。何か動きがあるかもしれない」

安積はわざわざ理事官がそんなことを知らせに近づいてきたことに驚いた。その気持ちがそのまま表情に出たようだった。

「そう驚かんでもいい。私も捜査本部を円滑に進めたい。いいかね。あんたは、引き続き山崎を追及してくれ」

理事官はそれだけ言うと席に戻った。

なるほど、管理職というのはああああるべきなのか。

安積は思った。各方面に気を配って、うまく気分を乗せてやらなければならない。

私にはうまくやれそうにないな……。

自宅のあるマンションのエレベーターを降りて、安積は思わず立ち止まった。彼の部屋の前に誰かいる。

女性だった。活動的なパンツスーツを着ている。その女性が振り返った。

東報新聞の山口友紀子記者だった。

「安積係長……」

山口友紀子記者はほほえみかけた。

「どうしたんだ、こんな時間に……」

「夜回りですよ」

夜回り……？　ああ、そうか、夜回りか……。

安積は、奇妙な落胆を覚えた。そして、落胆した自分を恥じた。落胆したということは、一瞬別なことを期待したということだ。

深夜に若い女性が自分の部屋の前で待っている。男としては、少しばかり心躍る状況だ。

「男女差別と言われるかもしれないが」

安積は言った。「君のような女性が夜中にこんな場所にいるべきじゃないな」

「仕事ですから」

事件記者が刑事の自宅を張るのは常識だ。これまでこういうことがなかったのは、神南署に殺人などの重大な事件が少なかったからなのかもしれない。

しかし、だからと言って……。

「何もしゃべることなどないよ」

「容疑者が逮捕されましたね」

「十八歳の少年だ。それ以上のことは発表できない」

「でも、係長は何か別の動きをしているみたいに見えます。なぜでしょう？」

新聞記者もばかではない。

「私たちは、容疑を固めるために動いている。被害者と容疑者の関係を洗っているんだ。それだけだ」

「容疑者は、以前オヤジ狩りで逮捕された少年と同一人物ですね？　あの事件と何か関わりがあるのですか？」

「私がしゃべるわけにはいかない。捜査主任の記者会見があるから、それまで待つんだな」

「オヤジ狩りの被害者は、銀行員でしたね。その銀行員も今回の殺人事件に何か関係しているのですか？」

「なあ、ここはマンションだ。廊下で立ち話などしていると、近所の迷惑になる。もう、こんな時間だ」

すでに十二時を回っている。

「だったら部屋の中に入れてくれます？」

「私は独り暮らしだ。若い女性がこんな時間に独り者の男の部屋に上がり込もうというのか？　あらぬ誤解を受けることになる」

「仕事熱心だと思われるだけですよ。もっとも、あたし、誤解されても平気ですけど。相手が係長なら」

安積はかぶりを振った。

「それが君の仕事のやり方なのか?」

「どういう意味です?」

「そうやって思わせぶりなことを言って、男から情報を得る」

「誰にでもこんなこと言うわけじゃありません」

「中年男をからかっておもしろいか?」

「あたし、からかってなんかいません」

不意にせつなさがこみ上げてきた。

まったく人生というやつは……。

「何も言うことはない。さ、帰るんだ」

安積はドアを開けて、部屋に入った。そして、ドアを閉ざした。

女性をドアの外に締め出すというのは実に嫌なものだ。それが新聞記者でもだ。

どうしてこんな気分にならなければならないのだろう。

安積は思った。

まったく女というやつは……。

安積は、サイドボードの上にある涼子の写真を見た。娘の涼子に助けを求めたい気分だった。

残念なことに脳裏に描こうとしたのは、妻の面影ではなかった。男というのは、妻に対してよりも娘に対して恋愛感情に近いものを抱くのかもしれない。

いや、それは恋愛感情というべきではない。もっとはかないもの。一種の憧憬だ。それは妻に対する愛情とはたしかに別なものだ。安積は、もう一度、心の中でつぶやいた。

まったく女というやつは……。

そのとき、ふと、心の中を何かがよぎった。捉えどころのない何かだった。

安積は、それが気になった。そして、なんとかそれを形にしようと集中した。

やがて安積は、声に出してつぶやいた。

「そうか。女か……」

その可能性はある。

山崎と小淵沢を結び付ける誰か。もちろんそれは男でもかまわない。しかし、もっと有機的に強い関係を結ぶためには、女のほうが適している。

女は警戒心を解かせる。男には話さないような秘密でも深い関係になった女には話すことがある。

安積は、電話に手を伸ばしていた。

彼は、誰かに意見を訊きたかった。須田の番号をダイヤルしていた。

15

刑事の仕事は忍耐のいることばかりだが、人によっては張り込みが一番きついと言う。

安積たちは、そのきつい張り込みと尾行を続けることにした。

場合によっては、尾行や張り込みは対象者に気づかれてもいい。マークされていることを知らせることによって、相手にプレッシャーを与えることが効果的な場合もある。

しかし、今回は、山崎に尾行・張り込みを気づかれたくなかった。

そして、尾行・張り込みは二十四時間、べったりと張りつかなければ意味がない。

つまり、人員をかなり割かなければならないのだ。交替要員が必要だし、バックアップも必要だ。

勤め先と自宅の両方の張り込みも必要だった。

今、須田と本庁の若い刑事の組が銀行付近で張り込みをやっているはずだった。朝から張り込みを続けている。夕方までには、交替要員を決めなければならない。

安積と速水は顔を知られているので避けたかった。安積は、そのことを捜査主任の池谷理事官に告げた。

池谷理事官は、人員の割りつけ表を作るように、副主任の金子課長、予備班の二人の係長に命じた。つまり、その作業に掛かったのはすべて所轄署の人間だった。

それが面白くなかったのかどうかは明らかではないが、相楽が異議を申し立てた。

「これは何の捜査です？」

相楽は疲れ果てているようだった。

高間卓の取り調べのためにほとんど徹夜の状態だった。高間卓を落とせば一件落着。そう考えているのだ。

事実、容疑者の自白は最も有力な証拠と見なされる。どんな傍証よりも強い。だから、どんな刑事も容疑者の自白を取ろうとする。落とすためにはあらゆる手段を使う。

相楽がそれに全力を上げるのは当然のことだ。安積もその点には文句はない。

しかし、と安積は思った。

刑事は、あらゆる可能性を考えなければならない。そのために長年培った経験があり、組織力がある。

ひとつの筋を追うだけなら、探偵気取りの素人にもできる。

「容疑者と被害者の関係を洗っている」

池谷理事官がこたえた。「鑑取りだ」

「なら、もう少し亜麻田組のほうに人を割いてほしいですね。それに、高間卓の交遊関係も洗い直す必要がある」

「安積さんたちが調べているのも、かなり有力な線なんだ」

理事官も疲れているように見える。皆目を赤くして、顔には脂が浮いている。着ているものには汗の臭いが染みつき、無精髭が伸びている者もいる。

相楽は、高間卓にかかりきりで、まだ山崎の絡みを聞いていないようだった。

理事官が説明した。

相楽はじっと説明を聞いていた。聞きおわると、彼は言った。

「なるほど。山崎が襲われた件が絡んでいるというのはわかります。しかし、それは、やはり容疑者と被害者を結び付ける一つの要素に過ぎないんじゃないですか？　高間卓が山崎を襲った。山崎は小淵沢を使って仕返しをした。そして、今度は高間卓が小淵沢に仕返しをした。仕返しがエスカレートして、ついに殺人に及んだということでしょう。高間卓の容疑はゆるぎませんよ」

「私も高間卓が容疑者でないと言っているわけではない」

安積は言った。「それをはっきりさせるためにも、山崎を調べたいんだ」

「ならば、何をぐずぐずしている」

相楽は言った。「山崎を引っ張ってきて叩きゃいいじゃないか」

事実そういうやり方もある。安積は思った。しかし、それではぶち壊しだ。

安積が黙っていると、相楽はさらに言った。

「家庭裁判所が眼を光らせているんだ。われわれは一刻も早く、高間卓の口を割らせなければならない」

少年の刑法犯については、罰金以下の罪はすべて家庭裁判所に送致しなければならない。

それ以上の罪の場合は、通常の刑法犯と同じ捜査をすることができるが、送検した後、検察はやはり家庭裁判所に送致する。

そして、検察は、よほどのことがないかぎり家庭裁判所に勾留を請求できない。

通常の刑事事件と同様に捜査するといっても、容疑者本人に対する取り調べは一発勝負という印象がある。

勾留の代わりに被疑者を少年鑑別所に収容することもできるが、警察署の留置所に置くときのような自由な取り調べができるわけではない。

それが冤罪を防いでいるという一面もあるが、捜査が不充分なために不処分になることもある。

相楽はそれで一抹のあせりを感じているのだろう。

「それは、任せます」

安積はつい面倒になってそう言った。「山崎の件は、検察に対する資料としても必要です」

「自白が取れればいい。その後のことは検察に従えばいいんだ。とにかく、全力で亜麻田組と高間卓の周辺を洗うことが先決だ。そちらに人員が必要なんだ」

速水がゆっくりと体を起こすのが見えた。何か言うつもりだ。

安積はそれより早く、言った。

「私は自分の判断に自信を持っている。ここは譲れない」

相楽が言った。

「高間卓が容疑者だというのが捜査方針だ。捜査方針に従ってもらう」

「うちの管内（ニワ）で起きた事件だ。私の判断も重視してもらう」

その言葉があまりに強い調子だったので、相楽は言葉を呑んだ。相楽は、池谷理事官のほうを見た。

助けを求めているようにも見えた。だが、池谷理事官は何も言わなかった。そのとき、捜査本部にいたすべての捜査員が相楽に注目していた。

相楽は、腹立たしげに池谷理事官から眼をそらすと言った。

「被疑者の取り調べを続ける」

彼は捜査本部を出ていった。

速水が拍手をした。

「いいぞ、デカ長」

「うるさい」

安積は、速水のほうを見ずに小さな声で言った。

むきになったことが気恥ずかしかった。

捜査員たちはそれぞれに自分の仕事に戻り、捜査本部は日常的な雰囲気を取り戻した。

だが、安積はひどく居心地が悪くなってしまった。

それを救ったのは、課長の金子だった。

「係長。張り込みと尾行の当番表だ。見てくれ」

安積は、手書きの当番表を受け取った。紙の一番上に安積の名前が書いてある。金子課長は言った。

「その班の責任者はおまえさんだ、係長。成果を期待してるぞ」

安積は紙を見つめたまま、無言でうなずいただけだった。


安積は捜査本部に詰めて、尾行・張り込みの班の統括をすることになった。常に状況を把握し池谷理事官と連絡を絶やさずにいるために、本部を離れられなくなったのだ。

安積といっしょに行動していた速水も、捜査本部に縛りつけられることになった。彼は本部の隅に自分の居場所を確保し、そこでとぐろを巻いていた。

夕方、須田が帰ってきた。彼は、張り込みの当番ではなく、山崎の仕事関係を調べに行っていた。

その須田がきわめて有力な情報を捜査本部にもたらした。山崎の扱っている抵当物件のひとつに、短期貸借権が登記されているのがわかった。その登記人が小淵沢だった。登記の日付は、四月十四日。つまり、高間卓らが小淵沢に襲われた二日後だ。

これが何を意味するのか、まだわからない。ただ、小淵沢と山崎は仕事上の付き合いがあったということだけなのかもしれない。相楽ならきっとそう言うに違いない。

だが、きっと何かにつながっていくに違いないと安積は考えた。

夜になり、相楽が取り調べから戻ってきた。小渕沢の短期貸借権の話を聞いても、彼は何も言わなかった。

まだ、高間卓は否認を続けているらしい。たいしたものだと安積は思った。

これだけ責められれば、やっていなくても自白したくなるものだ。不安と疲労で、大人でも判断力がなくなる。

高間卓は、まだ頑張っている。

ふと、部屋の隅を見ると、速水と須田がノートを見ながら、何か話をしている。安積はふたりが何を話しているのか気になった。

誘惑に勝てず、安積は席を立ち、彼らに近づいた。

速水がそれに気づいた。

「デカ長。この須田というやつは、たいした美術評論家だな」

ふたりが見ていたのは、高間卓の大学ノートだ。鉛筆で写真を模写したらしい絵が描かれている。

元の写真は、雑誌の広告などが多かった。どこかで見たことのある絵柄だった。アイドルの顔もある。

「誰が見たって立派なもんだと思いますよ。ねえ、チョウさん」

「そうだな……」

安積は、ふたりが何を話していたのか想像がついた。

これほどの絵が描ける若者が、どうして仕事もなく街でストリート・ギャングの真似事をやっていなければならないのか。まず、須田が感傷的にそう言う。

すると、速水がほほえみを浮かべてこう言う。

須田、人生というのは、公平ではないんだ。おまえだって、それくらいの分別は持っているはずだ。

だいたいそんなところだろう。

「絵がうまいやつ、歌がうまいやつ、踊りがうまいやつ、文章がうまいやつ……。世の中にはいろいろなやつがいる」

安積は言った。「だが、それを自分の職業にできるやつはそれほど多くない。チャンスは公平にやってくるわけではない」

「本当にそうですかね、チョウさん」

須田が言った。

「チャンスはひょっとしたら、公平にやってくるんじゃないかと思います。問題は、それをチャンスだと思えるかどうかなんじゃないですか?」

速水が唇を歪めるようにして笑い、言った。

「おまえは何になりたかったんだ?」

「刑事ですよ」

須田は大真面目な顔つきで言った。

これには速水も、一言もなかった。

「ねえ、チョウさん。高間卓は、これまで、どうやってチャンスを生かしたらいいのか、誰にも教わらなかったんじゃないんですかね?」

安積は、誰かとそんな話をしたような気がした。相手は速水だったろうか……。

「私だって人に教わった覚えはないぞ」

「自然と誰かが手本を示してくれていたのかもしれません。でも、今の大人は手本を示すこともしない」

「そうかもしれないな」

「チャンスは生かすことができるんだということをちゃんと教えれば、きっと高間卓は、もう一度人生をやりなおせますよね」

「しかしな、須田。あいつには、殺人の容疑がかかっている。人生をやりなおす前に罪を償う必要がある」

「高間卓はやってませんよ」

須田があっさりと言った。

思わず、安積は振り返って周囲を見た。彼らの話を聞いている者はいなかった。

「どうしてそう思う?」

「明らかですよ。ゆうべ、チョウさんが電話をくれたでしょう? それでいろいろ考えてみたんです。女っていうのは、かなりいい線いってます。俺、そう思いますよ」

「どういうことだ？」

　速水が尋ねた。

「ちょっとした、思いつきなんだがな」

　安積は、昨夜思いついたことを説明した。速水はにやりと笑った。

「大人になったじゃないか、デカ長」

「須田。おまえが考えたことってのを、説明してくれ」

「この間、チョウさんと話し合ったのは、山崎と小淵沢を結ぶ誰かがいれば説明が通るということでしたね。それについて、いくつかのパターンを考えてみたんです。まず、仕事関係。小淵沢は、高間卓を襲った直後、短期貸借権を登記しています。これ、どういうことだと思います？」

「占有屋の手口だ」

　須田はうなずいた。

「そして、その登記の日付。小淵沢が高間卓を襲った二日後。つまり、月曜日です。手続きができる最も早い日なんです。これについてはどう思います？」

「もったいぶらなくていい」

　安積は言った。「おまえの考えを教えてくれ」

「ヤクザを利用したら、何倍にもなって跳ね返ってきます。つまり、それまで短期貸借権が設定できないような状態にあった、みどり銀行の担保物件に、山崎が何らかの手を加えたと考えるべきでしょう。それを小渕沢に要求されたんです」

「短期貸借権が設定できないような状態……?」

「裁判所による競売ですよ。競売にかけられる予定になっていた物件を、山崎が手配して任意売却に切り換えたとすれば、その瞬間に短期貸借権が設定できます」

「俺はパトカー転がすしか能のないお巡りでな」

速水が言った。「教えてほしいんだが、そんなことをして、ヤクザに儲けが出るのか?」

「丸儲けですよ。立ち退き料をそっくりもらえる。そして、立ち退き料をもらうまで、いつまででも居すわることができる。家賃も払う必要がないんです。つまり、家賃より貸借権のほうが優先されるんですよ」

そんなことくらい、海千山千の速水が知らないはずはない。速水は須田に確認してみただけだ。安積はそう思った。

「だが、銀行もばかじゃない。立ち退き料とそれまでの家賃を相殺するはずだ」

「だから、家賃を払っても充分に儲かるような時期に交渉を設定するんですよ。銀行は、一度、貸借権が登記されたらその物件を売り払うことができない。ほぼ、ヤクザの言い値を払います。銀行は不良債権を山ほど抱えています。多少の無理をしてでもそれを処分しなければならない……」

「仕事上の関係はよくわかった」

安積が言った。「その先は?」

「情報源です」

「情報源？」

「小淵沢は、みどり銀行がどういう担保物件を持っているか。それがどういう状況にあるか。そうした情報を前々から得ていなければなりません。これ、山崎から聞いたはずはないんです。時間的に考えてね」

　安積は考えた。

「交渉をしてすぐに短期貸借権を登記している……」

「計画を練る時間も必要だったでしょう。そして、その情報源は銀行内部の人間と考えていいでしょうね。外部には、債権のことなんて洩らさないでしょうから……」

「内部にだって、そうそう洩らしはしないだろう」

「つまり、山崎のごく身近にいた人間ということになりますね。そこでです。小淵沢の息のかかった人間が偶然山崎の身近にいたというのは考えにくい。その情報源が山崎に近づくことから計画は始まったんですね。チョウさん。思い出してください。山崎がオヤジ狩りに遭ったことを小淵沢はどうやって知ったんです？　それも山崎の身近に情報源がいたと考えれば辻褄（つじつま）が合いますよ」

「小淵沢は、みどり銀行に人をもぐり込ませたというのか？」

「やだな、チョウさん」

　須田が笑った。「ゆうべチョウさんが言ったことなんですよ。女ですよ。小淵沢がみどり銀行の女子行員を情婦か何かにしていたら、その女子行員を山崎に近づけることはわりと簡単だったはずです」

安積はその可能性について考えた。山崎の夫婦関係は冷えきっているようだった。若く美しい女性にうまく言い寄られれば、簡単に心が動くに違いなかった。

まるで、昨夜の私のようにな……。

速水が言った。

「スケコマシくらい、本物のヤクザには造作もない」

「その女子行員と知り合ったのは偶然か、あるいは計画的だったのか……。そのへんは本人同士にしかわかりませんよね。でも、それはどっちでもいいことです。要するに、山崎と小淵沢が知り合う前に、小淵沢がその女性を情婦にしていたとしたら、すべて説明がつくんです」

安積はまだ考えていた。たしかに筋が通る。しかし、どこかに落とし穴はないか。

須田が言った。

「チョウさんに女と言われなければ思いつきませんでしたよ。たしかに、情報源が男だと考えたら、こううまく話は運ばないんです。どこかに無理が生じる。でも、その情報源が女だとしたら、実にうまく筋が通るんです。犯罪の陰に女ありって、こういうことだったんだなって思いましたよ」

「須田」

安積は言った。「今の話を、もう一度理事官の前でしてくれるか？」

「いいですよ。でも、俺、上がっちゃうから、チョウさんから話したほうがよくないですか？」

私は、おまえを理事官に自慢したいんだ。「いいから、おまえが説明してくれ」

16

「堀さんか？」

安積は渋谷署に電話していた。相手は、マル暴の堀浩司（こうじ）警部補だ。

「何だい」

堀は迷惑そうな声で言った。先日のことを根に持っているのかもしれない。

「頼みがある。亜麻田組の小淵沢が付き合っていた女についての情報がほしい」

「待ってくれ、安積さん。こっちも手一杯なんだ。そういうことはそっちでやってくれ。何のための捜査本部なんだ」

「あんたなら独自の情報源を持ってるんじゃないかと思ったんだ」

「もちろん、ないこともない」

「時間が惜しいんだ。一刻も早く、容疑者を押さえたい。そのためには、あんたの助けが必要だ」

「どういうことだ？　容疑者は捕まったんだろう？」

「私たちは、もう一人容疑者がいると考えている」

「ガキの使いじゃねえんだ、安積さん。説明してくれ」

安積は手短に山崎と小淵沢の関わりを説明した。

「くそっ」

堀はつぶやいた。

「新宿のビルはそういうことだったのか。この不景気なご時世に、新しく事務所を出しやがったから、どういうことなのかと思っていた……」

「やってくれるか?」

安積は言った。「あんたが頼りなんだ」

少々わざとらしいが、時にはこういうおだても必要だ。どうやらそれは効果をもたらしたようだった。

「わかったよ。ベイエリア分署の安積さんの頼みじゃ断れねえ」

「神南署の安積だ」

「そうだったな。そんなに時間はかからねえと思う。じゃあな」

電話が切れた。

安積は一方で、池谷理事官に山崎の自宅ならびにみどり銀行の家宅捜索の令状を取るように要請していた。

まだ、山崎の容疑は不確定だ。ほとんどが推論の域を出ていない。池谷理事官は、他の幹部たちと慎重に協議をしているようだった。

須田と相棒の若い刑事は、そのための書類作りに忙殺されていた。現時点ではまだ逮捕令状は無理だ。なんとか裁判所を説得して捜査令状だけでも取りたい。その思いは須田たちもいっしょだった。

相楽たちも必死だった。

高間卓はまだ持ちこたえている。万が一、高間卓が自分に負けて罪を自白してしまったら、すぐさま送検の手続きが取られる。

嘘の自白はいずれは覆(くつがえ)されるかもしれない。しかし、その間の高間卓の精神的苦痛を考えると、送検前になんとかしたい。

安積はそう考えていた。

たしかに高間卓は反社会的な少年だ。他人に迷惑もかけてきただろう。だが、その罪は、この間に充分償ったのではないか。灸(きゅう)はもう充分にすえた。安積はそう感じていた。

また一夜明けた。

安積にはもう曜日の感覚がなくなっていた。実際には、金曜日。五月二十三日で、殺人事件が起きてから、六日がたっていた。

午前の遅い時間に、堀から安積あてに電話があった。

「ひどく疲れているようだな、安積さん」

堀の言うとおりだった。体を動かすのが億劫(おっくう)だった。首筋はこわばり、目が乾いている。顔には脂が浮き、脇の下がじっとりとしていた。寝不足のせいで体が火照(ほて)っているような気がする。

だが、それは安積だけではなかった。本部の捜査員すべてが同じなのだ。

「どんな具合だ？」

「一晩その件に掛かりきりだった。金もけっこう使ったよ」

　堀は言った。彼は明らかにもったいぶっている。探り出した事実に自信を持っているのだ。安積は無言で先をうながした。

「小淵沢には何人か女がいたが、堅気は一人だけだ。ついでだから、その女の素性も調べておいたよ」

「名前は？」

「小出由香里、二十七歳」

「それで、その女は何者だ？」

「銀行員だ。いい女だそうだよ」

「どこの銀行に勤めている？」

「みどり銀行」

　その瞬間に、安積は疲れを忘れた。

　目の前に堀がいたら、握手くらいはしてやってもいい。安積はその思いが伝わるようにと思いながら言った。

「堀さん。あんた、大手柄だよ」

「時間はかからんと約束しただろう。やることはやった。じゃあな」

　電話が切れた。安積は、先日堀に辛く当たったことを、少しだけ後悔していた。

　安積はすぐさま、理事官に報告した。理事官は、言った。

「山崎とその女を任意で引っ張ろうか？」
「いや」

安積の頭の中ではすでにシナリオが出来上がっていた。「まだ早いと思います。ふたりがいっしょにいる現場を押さえないと」

話を聞いていた金子課長が言った。

「用心して会わないかもしれない」

「そのときは、別の手を打ちます。理事官の言うとおり、任意で引っ張っておいてその間に家宅捜索をかける……」

「よし」

理事官は言った。「家宅捜索の令状を取ろう。安積さんは引き続き、尾行と張り込みの班を指揮してくれ」

須田が書き上げてあった書類に、大急ぎで小出由香里のことを書き加えた。彼は相棒の若い刑事を連れて裁判所に飛んでいった。

高間卓はまだ留置所におり、毎日取り調べを受けていた。これは厳密に言うと違法だ。法律上は、逮捕した容疑者は四十八時間以内に検察に引き渡さなければならない。さらに、検察は二十四時間以内に起訴・不起訴・起訴猶予の判断を下さねばならない。

容疑者は、司法警察官・検察合わせて七十二時間しか勾留できないのだ。しかし、実際には警察官の取り調べ期間の延長が黙認されている。

それくらいに自白が重視されているわけだ。

今のところ、尾行も張り込みもうまくいっていた。山崎が気がついた様子はないという。

ふと、安積は不安に駆られた。

小淵沢の情婦がみどり銀行に勤めているというのはまったくの偶然で、山崎とは何の関係もないのではないだろうか。

安積は、その疑念を打ち消した。これほどの偶然などあり得るはずがない。

私が迷ってはいけない。信じて成果を待つんだ……。

夜になって、安積にはかすかな希望が湧いてきた。その日が金曜日であることに気づいたのだ。

デートにはもってこいだ。山崎が愛人とどの程度の頻度で会うかはわからない。だが、それほど間を置かないはずだと安積は考えていた。山崎は、小出由香里が小淵沢の情婦であるなどとは知らないはずだ。当然、彼女と会おうとする。

もし、山崎の愛人が本当に小出由香里だとしたら、彼女は事件を知って混乱したはずだ。

だが、事件から六日がたっている。身の振り方をぼちぼち決めてもいい頃ではないだろうか。

山崎との関係を清算するのか、このままなに食わぬ顔で関係を続けるのか……。どちらにしろ、一度は山崎と会わねばならないはずだ。

安積は、自分の推理に自信を持っていた。しかし、事が思いどおりに運ばないことが多い。

祈るような思いで知らせを待った。

村雨は警視庁の刑事と組んで、尾行をしていた。相手の刑事の階級は巡査で、明らかに経験不足だった。

村雨はその刑事を教育してやるつもりで、あれこれと指図をした。それが、捜査本部開設から続いている。相手の刑事は明らかにうるさがっていた。

彼の上司は同じ班のふたりの巡査部長であり、その上には相楽がいる。村雨のような所轄の部長刑事にあれこれ言われる筋合いはないと思っているのかもしれない。

自分の言い方にも多少の問題があることを、村雨は自覚していた。悪気はないのだが、どうしても口うるさく感じるような言い方をしてしまう。

ふたりは、あまり会話もせずに銀行の前で張り込んでいた。やがて、山崎が現れる。尾行を開始した。

山崎は、地下鉄半蔵門線の青山一丁目駅には向かわなかった。タクシーを拾った。

村雨は、若い刑事が当然すでにタクシーを捕まえようとしているものと思っていた。しかし、若い刑事は黙って山崎を見送っている。

村雨は露骨に舌を鳴らしてから言った。

「何をしている。タクシーだ。追うぞ」

「はい」

もう少しで山崎が乗ったタクシーを見失うところだった。彼らには、夕方の渋滞が幸いした。

「大切なのは気配りだ」

村雨は言った。「そして、気配りというのは、今何が必要なのかを考えることだ。わかっているのかね?」

「はい」

若い刑事は、仏頂面で言った。

山崎を乗せたタクシーは、乃木坂に入った。檜町小学校前の交差点で山崎は降りた。

村雨は、山崎が『サムタイム』という目立たないバーに入るのを確認した。

「係長に連絡だ」

村雨が言った。「念のため、応援をよこしてくれるように頼むんだ」

「誰と会っているか確認しなくていいんですか?」

「店の中に入ろうってのか?」

「出てくるのを待っても遅くはないでしょう」

村雨はうんざりした顔で言った。

「いいから、本部に連絡しろ。あとは係長が考えてくれる」

「わざわざ判断を仰ぐんですか？」

「言っただろう。言うとおりにしろ。捜査ってのはそういうもんだ」

彼らが出てくるまでには、応援も到着するだろう。村雨はそう読んでいた。

しかし、その予想は外れた。山崎は、十五分ほどで店を出てきた。先に若い女が出てきた。山崎はその後を追うように飛び出してきたのだ。

女は乃木坂通りのほうへ行こうとする。山崎は追いすがり後ろからその腕をつかんだ。

女は振りほどこうとする。

ふたりは、その場で口論を始めた。

「まずいな……」

村雨は言った。

「本部では待機しろと言ってますよ」

「おまえは臨機応変という言葉を教わったことがないのか？　行くぞ」

村雨は山崎と女に近づいた。

「山崎さんですね」

山崎は、むっとした調子で言った。

「何だ、君は」

村雨は手帳を出した。

「警察です。ちょっと話を伺いたいのですが……」

山崎は言葉を失った。何でこんなところで警察に声をかけられるのか理解に苦しんでいる様子だ。

「あたしは関係ないわね」

女は山崎の手を振りほどいて歩き去ろうとした。村雨は言った。

「あなたにもご同行願いたいのですがね」

女は一度振り返り、それからふんという調子で背を向けて歩き出した。

「待ちなさい」

女が駆け出した。

「追え！　捕まえろ！」

村雨は若い刑事に命じた。

「しかし……、何の容疑で……？」

ついに、村雨は癇癪を起こした。

「ばかやろう。逃げたら追うんだよ！」

若い刑事は駆け出した。女は、乃木坂通りに出て、左に行った。地下鉄の乃木坂駅の方向だ。

若い刑事は全力で駆けて行った。山崎は何が起こったのかわからない様子で立ち尽くしていた。

「な……」

やがて、抗う女を若い刑事が引っ張って来た。

「何すんのよ。令状持ってるの？　訴えてやるわよ」

若い刑事はうろたえているようだった。

「いや、令状は……」

「黙れ！」

村雨は女をではなく、刑事を一喝した。

応援の二人が乗った覆面パトカーが到着したのは、そのときだった。警視庁の部長刑事に渋谷署の若い刑事の組み合わせだった。

村雨は、山崎と女を覆面パトカーに乗せると、警視庁の巡査部長に言った。

「本庁ではどういう教育してんだ」

部長刑事は、村雨と組んでいる若い刑事を一瞥して言った。

「今じゃ、どこだって人手不足さ。それに、知ってのとおり、本庁じゃ、実践経験が少なくてな。おまえさんのところでしばらく面倒見てくれるか？」

「願い下げだね」

「実は、俺も同じ気分だよ」

村雨はむっつりとした顔で、参考人二人を神南署に連れてきた。そのうちの一人、山崎は重要参考人、事実上の容疑者だった。

安積は思わず立ち上がって村雨を迎えた。村雨は言った。

「もっとましな刑事はいないんですかね、係長」

「おまえは、自分のやったことがどれくらいの手柄かわかっていないのか?」

「係長の下にいるんだ。これくらいのことはやりますよ」

村雨たちが連れてきた女が小出由香里であることはすでに確認が取れていた。村雨は指示どおりにやったという自覚しか持っていない。実際は、彼が王手を掛けたのだ。安積は、いかにも村雨らしいと思い、すんでのところで笑い出すところだった。

いい刑事だ。

安積は思った。その点は充分に認めている。村雨にはどんなねぎらいの言葉より、実務的な話のほうがいいと判断し、安積は言った。

「山崎の自宅の家宅捜索の令状が下りている。これからガサイレをやりたい。おまえ、指揮をとってくれるか?」

「午後七時前」

村雨はしかつめらしい顔つきで言った。「山崎の自宅は仙川でしたね。八時前には着手できますね」

こういうときには頼もしい部下だ。少しは見直すべきなのだ。

「動けるやつをかき集めて出発してくれ」

村雨はうなずいた。いつものとおり、胃の痛みをこらえているような顔をしている。それが、今はなんとなく頼もしく感じられた。安積は、取り調べの段取りをつけた。

小出由香里の取り調べは、予備班の渋谷署と原宿署の係長に任せた。安積は、山崎を取り調べることにした。相棒に須田を選んだ。速水は、すでに自分の役割は終わったという顔つきで、いつもの席で捜査本部内を眺めていた。いかにも退屈しているように見える。

安積はその速水に言った。

「おい、おまえも来てくれ」

「俺は取り調べなんて芸当はできないよ」

「違反者に切符を切るときの要領でいい」

「……てことは、やりたい放題ということだな？」

「おまえはそんなことをやってるのか？」

「冗談だよ、デカ長」

速水は腰を上げた。

取り調べにはたしかに速水のような強面(こわもて)のタイプも必要だ。相手にあらゆるプレッシャーを掛けなければならない。

取調室の中には、通常記録係の警官が一人、取調官が一人ないし二人必要だ。今回は須田が記録係となった。取調官が安積と速水だ。

山崎は、ひどく憤慨しているようだ。デートの途中に引っ張られてきたのだから、無理もない。だが、その点が実は普通ではなかった。

どんな人間でも、取調室に入れられると不安になるものだ。山崎は虚勢を張っている。まず、安積はそう思った。

「何なんだ、これは」

山崎は言った。「いったい、どういう権限があって私をここに連れてきたんだ？　これは任意なんだろう。ならば、私は帰らせてもらう」

安積は落ち着きはらった口調で言った。

「帰すわけにはいきません。これから、あなたには本当のことを話していただきます」

「何も話すことなどない」

山崎は立ち上がり、机を回って出口に向かおうとした。その前に速水が立ちはだかった。

「そこをどけ」

山崎は言った。速水は、凄味のある笑いを浮かべて言った。

「俺は暴力が嫌いだ。だから、俺に嫌いなことをさせないでくれ」

さっそく速水が役に立った。安積はそう思っていた。

安積は、山崎に背を向けたまま言った。

「お座りください。あなたに話すことはなくても、こちらには訊きたいことがたくさんあるんだ」

速水は山崎をうながしてもとの席に座らせた。安積の正面。尋問される容疑者の席だ。安積は言った。

「いっしょにおられた女性とはどういう関係ですか?」

山崎は、安積をじっと見つめていた。困惑している。だが、それを隠そうとしているのだ。

「それは何のための質問だ?」

安積は改めて尋ねた。

「小出由香里さんとはどういう関係なのですか?」

山崎の仮面が次第にはがれはじめた。彼は明らかにうろたえていた。

17

「これは、どういうことなの？」

　小出由香里は、心底腹を立てている様子だった。警察沙汰になったとき、男より女のほうが度胸がすわっていることが多い。刑事たちはそれをよく心得ていた。

　取り調べに当たった渋谷署と原宿署の強行犯係長は、見かけとは裏腹な小出由香里のしたたかさをすでに見抜いている。

　渋谷署の小倉警部補が言った。

「小出由香里さんですね」

　彼女は、開き直ったように言った。

「そうよ」

「山崎照之さんとはどういうご関係ですか？」

「同じ銀行に勤めているわ」

「あなたは山崎さんと赤坂のバーで二人きりで会っていた。その辺の関係について伺いたいのですがね」

「同僚が二人きりで飲んじゃいけないの」

「ここにいらっしゃる前に路上で口論されていたそうですが、どういうことで揉めていたのです?」

「何のためにそんな質問をするの?」

「あなたと山崎さんの関係を知りたいのですよ」

「プライバシーの侵害よ」

「あなたと山崎さんは、男と女の関係だった。そうですね」

「こたえたくないわ」

小倉係長は、心持ち身を乗り出した。相手を威圧する態度だった。

「こたえてもらう。あんたのプライバシーより優先しなきゃならんことを調べているんでね」

「冗談じゃないわ。これ、任意同行なんでしょ。あたし、帰らせてもらうわ」

「最近はテレビドラマなんかでそういうことを覚えるらしいが、ドラマじゃ絶対にわからないことを教えてやろう。警察はな、何か聞き出したいと思ったら、絶対に相手を帰らせたりしないんだ」

「そんなの違法だわ」

「それを承知でやっている。法に関しては俺たちはプロだよ。どの程度のことができるか、よく心得ている」

ここには味方は誰もいないということをわからせようとしたのだ。しかし、小出由香里はひるまなかった。男はいつしか自分の味方になるとでも信じているようだった。

「山崎さんとは銀行の同僚。それがあたしのこたえよ。さあ、もういいでしょう」

小倉係長は、大きく深呼吸した。

「小渕沢茂雄という男を知っているね？」

「誰よそれ」

「あんたが知らないはずはないんだ」

「知らないわよ」

「知らないなら教えてやろう。小渕沢茂雄というのは、暴力団、坂東連合系俠堂会亜麻田組の幹部だ。五月十七日に代々木公園で、射殺死体で発見された」

「それがあたしとどういう関係があるというの？」

「あんたは、小渕沢茂雄の情婦だった」

「これ以上あたしを侮辱すると、訴えるわよ」

「けっこう。訴えてください」

小出由香里は無言で小倉を睨んだ。

「だが、その前に私たちはあんたを起訴する」

「起訴……？」

「あんたはまだ自分の立場がわかっていないようだな。私らが、興味本位で山崎との関係を調べているとでも思っているのか？　冗談じゃない。不倫でも何でもするがいいさ。俺たちは殺人事件の捜査をしてるんだよ」

「殺人?」

小出由香里は眉をひそめた。

「そうだ。小淵沢茂雄を殺したやつを探している。われわれはすでに小淵沢が山崎を脅迫していた事実をつかんでいる。そして、あんたが小淵沢の情婦だったことも知っている。あんたは、そうやって突っ張っていればいいさ。私ら、今のままでもあんたを送検できるんだ」

小出由香里は初めて不安そうな顔になった。ここが勝負どころだと、小倉は思った。一気に畳みかけることにした。

「私らあんたにチャンスをやろうとしているんだよ。あんたが、小淵沢と山崎の関係を話してくれれば、多少のことは大目に見ることができる」

そのとき、小出由香里は打ちのめされたような表情をした。突然、何かに気づいたようだった。

「じゃ……。あの……、まさか山崎さんが小淵沢を……」

小倉はその問いにはこたえなかった。

「あんたの立場は、あんたが考えているよりずっとヤバいんだよ。ここで私らに協力するかどうかで、今後の待遇が決まってくる」

「冗談じゃないわ!」

小出由香里はうろたえた。「あたし、殺人になんて関係していないわよ」

「それをはっきりさせるためにも、山崎との関係、小淵沢との関係を教えてくれ」

「たしかにあたしは、小淵沢と付き合っていたわ。知り合ったのは一年前。酒場で声をかけられて……。ヤクザだなんて知らずに付き合いはじめたのよ。暴力団員だって知ったときはそれは驚いたわ。でも、あの人、あたしには優しかったし……。山崎と深い関係になったのは、たしかにあの人に言われたからよ。いろいろとピロートークで情報を引き出したの。それだけよ。あたしは、小淵沢の恐喝も山崎の殺人も何も知らない。利用されただけよ」

小倉はようやく肩の力を抜いた。

「最後にひとつだけ訊かせてくれ。いや、これは個人的な質問だから、こたえたくなければこたえなくていい」

「何かしら？」

「小淵沢には惚れていたのか？」

小出由香里は、きっと小倉を見つめた。その目にみるみる大粒の涙があふれてきた。彼女は、堰が切れたように泣きだし、嗚咽を洩らしながら言った。

「愛していたわ。愛していたのよ……」

山崎はだんまりを決めていた。

まったく、マスコミの影響だな。安積は思った。最近は、どんな人でも黙秘権などという言葉を知っている。

まったく中途半端な知識だ。黙秘する権利は、逮捕された者が取り調べや公判の際に不利になりそうなことをしゃべらなくてもいいという権利だ。こういう場合は、警察はどんなことをしてでも口を割らせるということを知らない……。

「いっしょにいた女性は、小出由香里さんですね。彼女とはどういう関係ですか?」

この質問をするのは、何度目だろう。そう思いながら安積は尋ねた。

返事はない。

戸をノックする音が聞こえた。須田が立って戸を開けた。小倉係長が立っていた。

「チョウさん……」

須田が振り返った。安積はうなずいて立ち上がり戸口に向かった。

廊下に出ると、小倉が言った。

「女がゲロしたよ。すべてこちらの睨んだとおりだ」

小倉は、小出由香里がしゃべった内容を手短に説明した。

「よくやってくれました」

「よくやっただと? よせやい、安積さん、これくらいどうってことないよ」

安積は、席に戻ると、山崎を見つめて言った。

「小出由香里さんがすべて話してくれましたよ」

山崎は冷ややかな眼差(まなざ)しで安積を見つめている。やはり何も言おうとしない。

「あなたと小出由香里さんが付き合っていた。いわゆる不倫関係というやつですか。どちらかというと、彼女のほうから近づいてきた。違いますか？　彼女はある目的があってあなたに近づいたのです。あなたの仕事の内容に興味があったわけです。それを、彼女の情夫に教えるために。そう、彼女には付き合っている男がいました。その男に言われて、彼女はあなたに近づいたのです」

山崎にとっては不可解な話だったかもしれない。彼はどういう態度を取っていいかわからなくなりつつあった。

冷静さを装っているが、その眼に困惑がありありと浮かんでいる。

「その男が、小淵沢茂雄です。小出由香里は、小淵沢に言われてあなたと付き合いはじめたのです。銀行が持つ抵当物件の情報を聞き出すために。すべては、小淵沢が仕組んだことだったのです。あなたが、高間卓たちに襲われたことを小淵沢に教えたのは、小出由香里だったに違いない。あなたははめられたのですよ」

「ばかな……」

山崎はようやく口を開いた。「ばかなことを言うな……。そんな話を信じるものか。由香里が、小淵沢と……」

安積は、静かに言った。

「あなたは、やはり小淵沢のことをご存じだったのですね」

山崎は、はっと安積を見た。彼は失敗に気づいた。おろおろと眼を伏せると彼は言った。

「私は……、いや、私は知らない」

「さあ、何があったか教えてください」

「君たちは……」

山崎の感情が大きく揺れていた。「君たちは、私をこんなところに連れてくる権限はないはずだ。私と彼女は、ただ酒を飲んでいただけだ」

「権限はあるのです」

山崎は、打たれたように安積を見た。それから彼は、速水を見て、須田を見た。

刑事たちは、冷ややかに山崎を見つめている。いや、ただ一人を除いて……。

安積は、背後にいる須田がどんな顔をしているか想像がついた。須田は、おそらく山崎に同情しているのだ。

山崎をここまで追い詰めたのは、小淵沢だ。安積は言った。

「前にも言ったと思いますが、私たちに嘘をつくということは、どんな場合でも今より立場を悪くするということなのですよ。さあ、小淵沢との間に何があったのか、洗いざらい話してください」

「たしかに、小淵沢を知っていた。だが、それだけのことだ」

「どこで知り合いました？」

「南青山の『バード』という店だ。むこうから話しかけてきた……」

「それはいつごろのことですか？」

「はっきりとは覚えていないよ」

「それは、あなたが高間卓に襲われた後のことですか？　それとも前のことですか？」

「襲われた後だ……」

山崎はしゃべりながら、ようやく事情が飲み込めてきたようだった。なぜ、小淵沢が『バード』で話しかけてきたのか……。そして、彼が何のために『バード』にやってくるようになったのか……。

「あなたは、小淵沢に頼んで高間卓に仕返しをした。そうですね」

返事はない。

安積はかまわず続けた。

「そして、その見返りに抵当物件を巡る何らかの取引を強要された。あなたは、次第に追い詰められた……」

山崎は顔を上げた。

「それをすべて証明することはできないはずだ。私の返事は変わらない。私は何も知らない」

安積はさらに言った。

「どうしようもなくなったあなたは、小淵沢の殺害を計画し……」

安積の口調は実に事務的だった。「それを実行した」

「冗談じゃない」

山崎は再び立ち上がろうとした。「私は帰らせてもらう」

「たいした度胸だ」

速水が言った。「俺なら、そんな無謀な真似はしないな」

「何だって？」

「あんた、亜麻田組のやつらのことを忘れたわけじゃあるまい。遅かれ早かれ、亜麻田組はあんたのことを突き止める。そう、高間卓を警察より早く見つけたようにな。そうなると、あんた、けっこう厄介なことになる。あんたは、ヤクザと警察の両方を敵に回すことになる。俺なら、せめて片方を味方につけておくね」

山崎の顔色が悪くなった。彼は腰を浮かせかけて、もう一度座りなおした。

「私が亜麻田組に狙われる理由などない……」

かろうじてそう言ったが、彼は明らかにうろたえている。

それからまた、長い沈黙が続いた。山崎は迷っている。今は考えさせたほうがいい。安積は思った。

刑事の忍耐強さはどんな犯罪者よりも勝っている。どうして皆それに気づかないのだろう。

安積は、重苦しい沈黙の中でそんなことを考えていた。犯罪者が取調室に連れてこられたら、言い逃れできる可能性などない。冷静に考えればわかるはずだ。なのに、必ず言い訳をしようとする。それが、人間の不思議なところだな……。

どれくらいたったろうか。再び戸をノックする音がした。

先程と同様に須田が立ち、安積を呼んだ。安積は廊下に出た。

鑑識係の係長が立っていた。石倉という名の警部補だ。

「あんたら、俺を殺す気か？」

鑑識の石倉が言った。安積は、白髪頭の石倉をしげしげと眺めた。

「殺す気があったら、もうやってます。どういうことですか？」

「村雨が衣類をどっと持ち込んだんだ。仙川かどっかにいるらしいな。やっこさんはまだガサイレの途中だ。とにかく最優先で硝煙反応を調べろって言うんだ。理由も言わずにだ」

「それで？」

「出たよ。こいつだ。右の袖に。かすかにだがな」

石倉はそこでにっと笑った。

「村雨のやつ、機転が利くじゃねえか。ガサイレが終わってからじゃ遅いと判断して、とにかく衣類だけ先に俺たちのところに送りつけたんだ。おかげで、てんてこ舞いだったがよ」

安積は、ビニールの袋に包まれた、薄手のジャンパーを手に取った。

安積の心の中に静かな充足感が広がっていった。

「恩に着ますよ、石倉さん。これで詰みです」

「その一言が聞きたくて、俺が届けに来たんだ。ハンチョウ、あとはしっかりやれよ」

石倉は歩み去った。

安積は深呼吸してから取調室に戻った。席に着くと、安積はビニールに包まれたジャンパーを机の上に置いた。

山崎はそれを無表情に見つめている。

安積が言った。

「それはあなたのジャンパーですね」

山崎は顔を上げた。どうしてそれがそこにあるのか理解できないようだった。

「どうなんです？　それはあなたのものですね？　あなたの自宅から持って来たものなんですよ」

「それがどうかしたのか？」

「イエスかノーかはっきりこたえてください」

「たしかに私のジャンパーだ。だから何だと言うんだ」

「そのジャンパーから、硝煙反応が出ました。これが、どういうことかおわかりですね？」

それは安積たちの勝利の瞬間だった。

容疑者が諦めて自白を始めるときは、ある決まった反応がある。これは、一般にはあまり知られていないが、刑事なら誰でも知っている。

観念した瞬間に、鼻水を流しはじめるのだ。実は鼻水だけではない。汗、涙、そうしたあらゆるものを垂れ流すのだが、鼻水が一番眼につく。

山崎もそうだった。

彼は、小淵沢とどうやって知り合い、その後何があり、何を要求されたかすべて話した。そして、小出由香里が小淵沢の差し金で彼と寝たことについてひとしきり嘆いた。

山崎は小淵沢に要求されたとおりのことをやった。だが、それで終わりではなかった。小淵沢の要求はさらにエスカレートしていった。

ヤクザのやりくちだ。一度食らいついた獲物は徹底的に食い物にする。山崎はとことん追い詰められた。自分が死ぬか小淵沢が死ぬか。その選択を迫られた。そして、相手を殺すことを選んだのだ。

まず、凶器を手に入れなければならなかった。

山崎は、小淵沢とうまくやっていく演技を始めた。すっかり観念して、どうせなら自分も甘い汁を吸おう。そんな態度を装ったのだ。

そして、彼はなんと小淵沢を殺害する凶器を小淵沢から手に入れたのだ。

「昔から、拳銃を持つのが夢だった」

山崎は小淵沢にそう持ちかけたそうだ。

「一度、高間卓たちに襲われて気づいた。自分の身は自分で守らなければならない。あんたなら、拳銃を手に入れられるんじゃないか?」

小淵沢の油断でもあったのだろう。また、自分の実力を山崎に見せたいという気持ちもあったに違いない。

ほどなく小淵沢は、新品のスミスアンドウェッスンを山崎に渡した。代金は二十万円ほどだった。この話を聞いたとき、安く拳銃が手に入る世の中になったものだと、安積は思った。一昔前までは、百万の単位だったはずだ。

拳銃を手に入れた山崎は、まず、小淵沢に相談を持ちかけた。高間卓から話をつけたいという知らせがあった。仕返しの仕返しをするつもりに違いない。

こんな泥仕合をいつまでも続けてはいられない。なんとかしてくれないか。

一方で、高間卓にも電話した。高間の連絡先は小淵沢の手下たちがすでに調べ出していた。

山崎は、小淵沢を名乗り、のちのちの禍根を残さないように、きっちりと話をつけたいと持ちかけた。

高間卓との待ち合わせ時間が、深夜十二時ちょうど。小淵沢とは同じ場所で早めに待ち合わせた。場所は、代々木公園、原宿駅側の公衆便所に向かう道の分岐点。

犯行現場だ。

そして、小淵沢が背を向けたところを撃った。

指紋がつかないようにハンカチを使った。あとは、拳銃を捨てて、千代田線代々木公園駅のほうに走った。

人気がないのを確かめ、そのまま井ノ頭通りに出て、NHK前を通り過ぎて渋谷へ出た。駅前からタクシーを拾って自宅へ戻り、布団を被って震えていたという。

「人が罪を犯すきっかけなんて、どこに転がっているかわかりませんね」

話を聞きおわり、山崎の勾留手続きを済ませると、須田はそう言った。

山崎は、取調室の中で緊急逮捕された。明日、裁判所の窓口が開くのを待って逮捕状を取り、改めて逮捕することになっている。

小出由香里はおとがめなしだ。彼女も高間卓と同様に充分に傷ついている。もう制裁は受けたはずだ。今後、彼女がどうするかはわからない。

しかし、銀行にはいられないだろうと、安積は思った。一人の不幸は周囲の何人かを巻き込むものだ。

安積は思った。

いつになっても、そういう現実に慣れることはないな……。

18

捜査本部では、恒例の茶碗酒(ちゃわんざけ)が振る舞われた。疲れ果てた刑事たちが、一気に解放され、部屋の中は独特な躁(そう)状態になる。誰が何を言ってもおかしい。

相楽が安積に近づいてきた。

「高間卓を送り出すところだ」

彼は、何か言いたいのだが、何を言っていいのかわからないようだった。諦めたように相楽は言った。「何か、彼に言うことはあるか?」

安積は、考えてから首を横に振った。

彼に会って何か言うのは、安積の役割ではない。刑事には刑事の役割がある。高間卓にとって安積は、高間卓を逮捕し尋問した側の人間なのだ。いまさら、会って言うことなどない。

高間卓は、これからどういう生活を送るのだろう。また同じ生活に戻るのだろうか。それとも、これに懲りて少しはまともな生き方を見つけるのだろうか。

安積はそばにいた須田に言った。

「おい、おまえ、いつか高間卓に会ったら、絵のことを褒めてやれよ」

「ええ、チョウさん」

須田は言った。「そうしますよ」

村雨たち家宅捜索の班が戻ってきた。安積は村雨に何か言ってやらなければならないと思った。

「村雨。ご苦労だった」

結局、思いついたのはその一言だった。だが、村雨は満足そうだった。

「鑑識、お手柄だったそうですね」

「いや、おまえの機転のおかげだ」

「係長。刑事ならあれくらい当然ですよ」

こいつは、照れたりすることはないのか？　やっぱり、あまり可愛(かわい)げはないな。それとも、これが村雨の照れ隠しなのか……。

速水が近づいてきた。

「デカ長。相楽と何を話していた」

安積は苦い顔になった。

「おまえが期待しているようなことじゃない。高間卓を帰すから、何か言うことはないか、と言われたんだ」

「へえ……。こう言ってやればよかったんだ。俺の勝ちだな。参ったか。俺が神南署の安積だ」

「刑事同士っていうのはな、そういうもんじゃないんだ」

速水はにやにやと笑いながら、酒をつぐために安積から離れて行った。

捜査本部は解散された。

捜査員は三々五々引き上げていく。

安積が本部の外に出ると、まだ新聞記者たちが群がっていた。その中に、山口友紀子がいた。

彼女が今回の事件のからくりを解くヒントを与えてくれたとも言える。

そのことについて、何かひとこと言おうかとも思った。山口友紀子と眼が合った。だが、安積は結局眼をそらして、何も言わずに歩き出した。


自宅に帰ると、留守番電話の赤いランプが点滅していた。ボタンを押すと、伝言が一件入っているという。

「お父さん。涼子です。元気?」

その声を聞いたとたんに、緊張がほぐれていくのを感じた。

「来週の土曜日に、お母さんと食事でもしませんか？　また、連絡します」

来週の土曜日か。

何が何でも予定を空けなければ。安積はそう思い、カレンダーに書き込んだ。

しかし、どんなにしっかり予定を空けても、事件が起きればそれまでだ。安積は、来週の土曜日には、絶対に事件が起きないようにと祈っていた。

妻と会って、どんな話をしよう。

私は本当によりを戻したいのだろうか。もしそうだとしても、それを切り出せるだろうか？

とにかく、今は疲れ果てている。ぐっすり眠ってから考えよう。

来週の土曜日までは、まだ時間がある。

翌日から、神南署の刑事課強行犯係は、通常の業務に戻っていた。捜査本部の残務で、いくつかの書類仕事が残っている。

安積は、それをまず片づけなければならなかった。

村雨と桜井は、例の放火事件の捜査に戻った。長期戦になりそうだった。その後、放火はないが、放火犯というのは必ず犯行を繰り返す。

一種の病気のようなものだ。村雨はそのときにそなえて、地域係との連絡を密にしている。

須田と黒木は、こまごまとした事件の処理で追われていた。

村雨と桜井が出かけようとしていた。安積は村雨に声をかけた。

「何時ごろ戻る？」

「さあ、聞き込みですからね。何時になるか。場合によっては直帰になるかもしれません」

「できれば、帰ってきてくれ。あまり遅くならないうちに」

「何かあるんですか?」

「ああ、重要な用件だ」

須田と黒木も安積に注目した。須田は、ことさらに難しい顔をしている。「重要」と聞いたときに彼が必ず見せる表情だ。

安積は言った。

「夕方、皆が集まったところで……」

四人の部下が眉をひそめた。

「飲みに行く。今回のおまえたちの働きはそれくらいの価値はある」

「わかりました」

村雨はあくまでも渋い顔で言った。「できるだけ早く戻ります」

「チョウさん」

須田が言った。

「何だ?」

「速水さんも誘うんですか?」

「そうだな……」

そうすべきだろうな。

「俺、声をかけてきましょうか」

「ああ。いや、待て」

安積は考えた。「私が行こう」

速水は、机に向かい、むっつりとした顔をしていた。まるで机に怨みがあるとでも言いたげだった。

「速水、今夜空いてるか？」

「もう捜査には付き合わんぞ。見ろ、この仕事の山」

「そうじゃない。事件も解決したことだし、久しぶりに皆で飲みに繰り出そうというんだ」

「俺を誘っているのか？」

「そうだ」

「酒を飲ませて、俺を刑事課にスカウトしようってんじゃないだろうな」

「そんなことは死んでもしない」

「よかろう。ごいっしょするよ」

速水は、書類に眼を戻した。用は終わりだった。だが、安積は、その場から立ち去らずにいた。

速水がもう一度顔を上げた。

「涼子から電話があった」

安積は声を落として言った。「来週の土曜日に三人で会う」

「それで？」

「いや、別に……」

自分でも何を言いたいのかわからなかった。「それだけだ」

安積は立ち去ろうとした。

「デカ長」

安積は振り返った。

速水が人生を悟ったような笑いを浮かべている。

「来週の土曜日までは時間がある。ゆっくりと考えることだな」

「ああ……」

安積は言った。「私も同じことを考えていた」

安積は、刑事部屋（デカベヤ）への階段をゆっくりと上った。

巻末付録特別対談

第四弾

今野敏×中村俊介

「ハンチョウ」シリーズのドラマ出演から友好を深めている、
中村俊介さんと
今野敏の特別対談！

——巻末付録特別対談第四弾は、ついに村雨刑事の登場です。

今野敏（以下、今野）　中村さんには安積班シリーズを原作とした「ハンチョウ」（TBSテレビ、二〇〇九―二〇一一年）で村雨を演じていただきました。私にとっては初めての連続ドラマ化でしたから今でも特別な思いがありますが、中村さんはまた別の意味で特別な印象を残したと言わざるを得ないんです。なぜなら、もっとも原作のイメージからかけ離れているから（笑）。

中村俊介（以下、中村）　あっはっはっは。

今野　原作ではね、ちょっと嫌なやつなんですよ。生真面目で融通が利かないところがあるというのが村雨で。ましてや顔がいいわけでもない。それなのに、キャスティングにあった名前が中村さんですからね。こんな二枚目な村雨はねぇなと思ってしまいました。

中村　安積班のみんなはイメージが湧きやすいでしょう。包容力のある安積さんに愛嬌のある須田とか。でも、村雨はちょっと難しいんですよね。

今野　キャスティングも難しいだろうと思いますね。

中村　だとすれば、ドラマにはドラマの村雨がいてもいいのかなと。それで、極めてクールに、格好良くやらせていただきました（笑）。もちろん原作ありきではあるんですが、ドラマになると小

今野 敏（作家）

説以外のエッセンスも加わってきますから。

今野　本当に格好良かったですよね。不思議なもので、見ているうちに違和感がなくなっていきました。特に山口翔悟さんが演じた桜井刑事との関わり方が良かったんですよ。厳しく後輩に接しながらも、実は気を使っているという村雨の人間性がよく出ていました。こういうの、文章では書くことができるんだけど、ドラマで伝えるのは相当難しいと思います。

——加えて、ドラマの村雨は何が起きても動じず、表情も崩さないという印象が強かったです。

中村　それぞれにキャラクターの立つ安積班の中で、どう村雨を作ろうかと考えたんですね。確かに村雨にはイメージが摑みづらいところがありますが、優秀な刑事なのは間違いない。だから、ドラマの中では頼りになる存在として映るように意識しました。

今野　小説の中でもね、村雨は頼りになるやつなんですよ。

中村　はい（笑）。ただですね、そんなクールな村雨でちょっと遊ばせてもらったこともあります。犬に怯えて、近寄れないというシーンがあったんです。あの村雨が犬を怖がるなんて相当面白いじゃないですか。僕も楽しませてもらいました。

中村俊介（俳優）

今野　ドラマというのは原作そのままに作っても面白くないですよね。それなりの工夫を、言い方を変えれば、勝負をしてくれたほうがいいものができると思います。

中村　実はそのあたりのことを一度伺いたいと思っていたんです。僕たちは台本を受け取って、そこに書かれていることに対して味付けして演じていくんですけど、原作を書かれている先生からすれば、「この本がこうなっちゃったの？」と思うことも絶対あるんじゃないかと思うんです。

今野　脚本が原作通りでも面白くないんだと思います。でも、あまりにも変えられてしまうと、そこじゃないんだよと思う。ですので、脚本には毎回目を通させてもらっています。ただ、役者さんがどう演じるかは一切気にしません。むしろ、楽しみにしています。

中村　そう言っていただけると心強い。ちょっと安心しました。

――原作は事前に目を通されるのですか。

中村　原作を読むと活かしたくなるんですよ。でも、台本に僕が活かしたいと思った部分があるとは限らない。矛盾を感じてしまうと演じづらくなってしまうので、現場のことも考えれば、やはり台本を大事にしたいと思います。だから、原作をあえて読まないで挑むことのほうが多いかもしれませんね。

今野　役者さんは原作は読まなくていいんじゃないかと思いますね。もちろん、監督や脚本家の方にはしっかり読んでもらいたい。その上で脚本家や演出側が人物造形をしていけばいい。原作とドラマは別物だと思っていますから。ただ、読者の反応というのはまた違うのでね。それぞれにイメージというものがありますから。

中村　先生ご自身がキャスティングに関わること

もあるのですか?

今野　何の権限もないですよ（笑）。ドラマ化しますとお話をいただいた時は、ほぼ配役も決まっていますね。

中村　そうなんですね。この安積班シリーズはキャストを変えて何度もドラマになっていますよね。当然村雨役も変わるので、僕としても今度は誰が演じるのだろうかと気になるんです。中村芝翫さんが安積役をやられた時は原田龍二さんが、寺脇康文さんの時の村雨は武田真治さんでしたよね。

今野　ご覧になるんですね。

中村　はい、チェックしてしまいますね（笑）。やっぱり思い入れがあるんです。本音はあの作品を、村雨役をもっとやりたかったなぁというのがあって。小説を読んでいても、いつもは取っ付きづらいと思っている村雨を、安積さんが褒めるようなシーンもたまに出てくるじゃないですか。そうすると僕も嬉しくなっちゃうんですよ。

今野　完全に村雨目線だ（笑）。

中村　そうなんです。だから須田がちょっと羨ましい。

今野　安積に好かれてますからね。

——小説では村雨に対する描写も変化してきているような気がします。

今野　村雨だけでなく、あの五人は自分の中でもまだ膨らんでいるんです。三十四年も書き続けているのに、こんな一面があったのかと驚かされますよ。

中村　それは面白いですね。僕にとっても終わってしまったことではないんです。一緒に撮影したメンバーとは今でも仲が良くて、コロナ禍前は「須田と黒木と飲んでるけど、来ない?」なんて連絡をもらうこともありました。

今野　中村さん、こう見えて現場ではムードメーカーでもあったしね。その人柄をみんなが好んでいたし、楽しんでいるところもあるんじゃないかという気もします。意外なことに、人一倍ドキドキする方だし（笑）。

中村　人前に出るのがダメなんですよ。今でもテレビは緊張します。特にバラエティに出させていただく時は、落ち着かないから直前までスタジオをウロウロ歩き回っていて。

今野　これだけキャリアがあれば、もう慣れてもいいと思うけど（笑）。

中村　ドラマや映画の撮影は大丈夫なんですけどね。

今野　役に入るというか、作ってしまえれば、緊張もしないのかな。

中村　そうかもしれません。だから、舞台挨拶もいまだに苦手です。

今野　私の作家生活四十周年のパーティーの時も挨拶（あいさつ）をお願いしたら、大慌てで（笑）。

中村　あの場には角川春樹（かどかわはるき）さんもいらっしゃったから……。

――中村さんは角川春樹監督が再映画化した「時をかける少女」でスクリーンデビューされたのでしたね。

中村　もうコテンパンにやられました（笑）。僕にとっては今でもエンペラーです。そんな当時を思い出してさらに緊張して、余計に言葉も出なくなってしまいました。

今野　映画といえば、広島の造り酒屋を舞台にした映画に出演されてるでしょう。東京ではやらないんですか？

中村　「吟ずる者たち」ですね。広島で先行上映しましたが、三月からは東京でも上映される予定です。オール広島ロケの作品で、僕は日本で吟醸酒を初めて造ったと言われる三浦仙三郎（みうらせんざぶろう）という方をやらせてもらいました。見応（みごた）えのある作品になったと思っています。実はこの映画、完成までが大変で。コロナの影響などもあって撮影が中断したりと、完成までに四年ぐらい掛かっているんです。

今野 それだけ期間を要すると、絵が繋がらないなんてこともありそうですね。

中村 二年くらい前に撮った外のシーンから帰ってきて、ドアを開けた次の場面にいるのは現在の僕で、なんてこともありました。とはいっても、台本のページ通りに撮影が進むわけではないのはどんな作品も一緒ですけど。でも、見ている人にはそうとは気づかせない。映像作品の面白さでもあると思っています。

――刑事ドラマはロケも多く、撮影も大変そうですね。

中村 僕はむしろ楽しいですね。刑事ものってだいたいコンビで動くじゃないですか。相方がいるのでいろいろ相談もできるし、安心感みたいなものがあります。長年やらせていただいた浅見光彦役の場合は一人ですから、自分ですべてに対処しないといけない。そう考えれば、刑事ドラマというのは特殊な現場かもしれないですね。

今野 普段使わない言葉もたくさんあるでしょう。緊急配備とか、確保とか。

中村 事件絡みの会話しかしていません（笑）。警察署内にいるか現場で聞き込みをしているかですから、まずプライベートの会話がないんですよ。

今野 古いタイプの警察小説だと、刑事のことをデカ、被害者のことをガイシャと、隠語を使うんです。でも、実際に警察の方が使っているかというとそうでもない。多いのは法律用語です。これは○○違反だなとか。私も小説では隠語はあまり使わずに、法律用語を意識しています。

中村 現場のことを「げんじょう」と言ってくれ

と指示されることもあるんです。ただ僕はこの言い方が馴染(なじ)まなくて。テレビドラマって見て楽しむものじゃないですか。だから、聴いてわかる言葉を大切にしたいと思っています。より伝わりやすいのはどんな言葉か。監督と話し合うこともあります。

今野　それは小説も同じですよ。読みやすく、面白いと思ってもらえるものを書いていきたいと思いながら今までやってきました。

中村　そんな先生の作品に出られるチャンスがまたあればいいなと思っています。

今野　その時はクールな中村さんとはまた別の一面を見たいですね（笑）。

構成：石井美由貴／写真：島袋智子

次巻『神南署安積班』の巻末には、俳優・黒谷友香さんとの特別対談を収録します。

本書は、ケイブンシャノベルス（一九九七年五月）を底本とし、
二〇〇七年二月にハルキ文庫にて刊行されました。
二〇二二年三月に改訂の上、新装版として刊行。

ハルキ文庫

警視庁神南署（けいしちょうじんなんしょ）新装版

著者 今野 敏（こんの びん）

2007年 2月18日第一刷発行
2022年 3月18日新装版第一刷発行

発行者 角川春樹

発行所 株式会社角川春樹事務所
〒102-0074 東京都千代田区九段南2-1-30 イタリア文化会館

電話 03（3263）5247（編集）
03（3263）5881（営業）

印刷・製本 中央精版印刷株式会社

フォーマット・デザイン 芦澤泰偉
表紙イラストレーション 門坂 流

ISBN978-4-7584-4467-5 C0193 ©2022 Konno Bin Printed in Japan
http://www.kadokawaharuki.co.jp/［営業］
fanmail@kadokawaharuki.co.jp［編集］　ご意見・ご感想をお寄せください。

今野 敏 **安積班シリーズ** 新装版 **連続**刊行

ベイエリア分署篇

『二重標的（ダブルターゲット） 東京ベイエリア分署』 2021年12月刊

今野敏の警察小説はここから始まった!!

巻末付録特別対談第一弾！ **今野 敏×寺脇康文**（俳優）

『虚構の殺人者 東京ベイエリア分署』 2022年1月刊

鉄壁のアリバイと捜査の妨害に、刑事たちは打ち勝てるか!?

巻末付録特別対談第二弾！ **今野 敏×押井 守**（映画監督）

『硝子（ガラス）の殺人者 東京ベイエリア分署』 2022年2月刊

刑事たちの苦悩、執念、そして決意は、虚飾の世界を見破れるか!?

巻末付録特別対談第三弾！ **今野 敏×上川隆也**（俳優）